Autorin: Angela Dell'Osa

Hochzeitsgeschenk für meinen Ehemann
Fabrizio Dell'Osa
22.06.2019

Endlich gehört er mir

Angela Dell'Osa

IMPRESSUM

Copyright: © 2019 Angela Dell'Osa

Herstellung und Verlag: BoD – Books on Demand, Norderstedt

ISBN 978-3-7504-6893-1

Als alleinerziehende Mutter, wenn die Kinder bereits im Bett sind, mit wem will man sich unterhalten? Die Alltagssorgen und Erlebnisse aus der Berufswelt niemandem mitzuteilen, ist frustrierend. Allein auf dem Sofa sitze ich hier und merke, die Unterhaltung mit einer erwachsenen Person, die mich versteht oder auch nur zuhört, fehlt mir. Die Kinder erzählen von der Schule, fragen auch mal nach, was ich den heute so gemacht habe, aber dies alles natürlich aus Kindersicht, und das ist oftmals nicht befriedigend, so dass ich mich entschliesse, mich auf einem Chatportal anzumelden.

Nachdem ich mich im Internet schlau mache, welcher Chat wohl am meisten Niveau hat, stelle ich fest, es geht hier immer nur um Liebe und den Mann des Lebens zu finden. Ich möchte mich aber primär mit gleichgesinnten Menschen austauschen und unterhalten, was als Mutter von zwei schlafenden Kindern nur vom Sofa aus online möglich ist. Naja, was soll's auch bei diesen Liebeschats heisst es, Freundschaften können entstehen etc. also melde ich mich mal an. Lovoo heisst die Plattform und sogar mit einer extra Funktion kann gewählt werden, in welchem Kilometerumkreis von mir entfernt die Wunschkandidaten leben. Wie bei allen Chats gibt man natürlich auch etwas mehr Angaben wie Hobbys, Aussehen, Interessen bekannt, um passende Personen zu finden, mit welchen man sich austauschen kann. Ich gebe an, Mutter von 2 Kindern zu sein, schliesslich soll man dies wissen, uns gibt's ja nur im Trio und wer weiss, angeblich kann man in einem solchen Chat sogar seinen Traumprinzen finden. Ja ich finde diese Vorstellung wohl auch etwas komisch, aber tatsächlich haben sich hierbei Paare gefunden, die sogar geheiratet haben.

Ich logge mich also mit meinen Angaben ein und erhalte schon nach kurzer Zeit einige Nachrichten. Das Niveau scheint sehr unterschiedlich zu sein, hauptsächlich doch eher abschreckend. Die Bemerkungen sind meist auf gepostete Fotos zurückzuführen und sehr oberflächlich. Aber ich habe ehrlich gesagt auch nicht viel mehr erwartet. Egal, ich sitze ja sowieso nur auf dem Sofa und habe nichts zu verlieren, statt mit der Wand zu sprechen, schreibe ich unbekannten Menschen über den

Chat. Spannend kann man dies nicht nennen, Leute, die einem fragen was man heute gemacht hat, wieso man Single ist (sofern dies denn wirklich auch alle im Chat sind) oder Bemerkungen zu den Angaben machen. Die einen sind etwas weniger oberflächlich, entdecken, dass ich Kinder habe und fragen danach. Ich langweile mich und logge mich aus, es ist Zeit ins Bett zu gehen...

Wochen und Monate vergehen, ab und zu logge ich mich in die App ein, um nachzusehen, was die Leute mir so schreiben. Die einen werden aufdringlich, finden nach ein paar Tagen schreiben ist es endlich Zeit, sich live zu sehen. Mich reizt der Gedanke nicht. Eine fremde Person zu treffen, die schreiben kann, was sie will und erzählen kann ohne dabei rot zu werden, muss ich nicht unbedingt gleich treffen. Zudem wie anfangs erwähnt, suche ich lediglich Bekannte, um mich online auszutauschen, um die einsame Zeit auf dem Sofa erträglicher zu machen. Sobald man sich live trifft wird dies alles nur komplizierter und der Chat ist tatsächlich auf die Suche der grossen Liebe oder auch nur auf Affären ausgerichtet.

Hm, war wohl nicht die beste Idee mich mit meinen Bedürfnissen hier anzumelden, war wohl auch etwas blauäugig von mir, klar dass es hier um eine Partnersuche handelt und deshalb sich die Leute auch schnell treffen wollen. Ich bin es langsam auch satt immer wieder von mir zu erzählen, wer ich den so bin, was ich so mache und wie ich über Gott und die Welt denke. Es wird mir langsam zu anstrengend, dies dauernd wiederholen zu müssen und ehrlich gesagt, interessiert mich das Leben der anderen nicht einmal wirklich. Die Mehrheit der Plattformanwender scheint verzweifelt nach der Liebe zu suchen oder nach Abenteuer, sind gefrustet die Frau des Lebens noch nicht gefunden zu haben und setzten jede Hoffnung in den Chat. Egal ich logge mich selten noch ein und schaue stattdessen Fernseher, um die Zeit auf dem Sofa zu vertreiben.

Wie spannend, als ich mich nach Tagen im Chat anmelde, sehe ich eine Nachricht, die mich völlig anders anspricht, als ich es üblich erlebt habe. «Warst du in Playa del Carmen?» fragt mich der User mit dem Nicknamen «Fabi». Ich frage mich, wie kommt man auf so eine Idee, ob ich in Playa del Carmen war. Zumal ich noch nie dort war und nicht ein einziger Hinweis zu Playa del Carmen unter meinen persönlichen Angaben daraufhin deuten würde. Egal, er hat mich anständig angeschrieben, also hat er eine Antwort verdient. Ich verneine seine Frage und will wissen, wie er auf diese Idee kommt. Angeblich habe ich ein sommerliches Foto unter meinem Profil gepostet, welches ihn an Playa del Carmen erinnert hat. Naja, nicht weiter tragisch, eigentlich wäre dies der Moment, bei welchem man den Chatverlauf einfach wieder kommentarlos löscht. Er macht mir noch scheue Komplimente wie «schöne Fotos in deinem Profil», ich fühle mich geschmeichelt, seine brave Art passt irgendwie nicht in den Chat, ich war mir gewohnt Worte wie «wow sexy Bilder» und weitere Kommentare, die ich hier gar nicht erst schreiben möchte, zu hören.

Irgendwie macht mich seine, für einen solchen Chat wohl eher zurückhaltende Art, sehr neugierig. Wir schreiben uns noch ein bisschen hin und her, flirten scheint nicht sein Ding zu sein, mir ist es Recht, es gibt ja genug andere Anwender, die diese Eigenschaft besitzen. Er fragt mich nach meinen Kindern, endlich mal ein Mann, der mein Profil richtig durchliest, es freut mich. Wir tauschen noch ein paar Sätze aus, dann verabschieden wir uns. Ob wir uns jemals wieder schreiben?

«Fabi» scheint nicht der Typ zu sein, der ununterbrochen die Zeit im Chat verbringt, dies beruhigt mich, schliesslich gehöre ich auch nicht zu diesen. Seine nicht aufdringliche Art hat bei mir positive Erinnerungen hinterlassen. Ich bin es satt, von Anwendern immer nur als Objekt gesehen zu werden und auf sofortige Treffen angesprochen zu werden. Eigentlich bleibe ich nur noch angemeldet, um eventuell mit «Fabi» nochmals in Kontakt zu kommen. Dies war eine andere Art von Sofaunterhaltung. Die Vorstellung, welche mich eigentlich damals dazu bewegt hat, mich überhaupt anzumelden und leider bis anhin nur mit Enttäuschungen endete.

«Fabi» erzählt von seinem Alltag, ich ebenfalls, ich habe den Nicknamen «Kuschelgirl». Diesen habe ich bewusst gewählt, in der Hoffnung, dass dies die Draufgänger abschreckt – schliesslich wollen die ja nicht kuscheln. Wir schreiben uns fast täglich, nicht immer gleich viel, mal nur kurz und bündig, sehr ungezwungen, wie bereits erwähnt, er scheint auch nicht 24 Stunden online zu sein. Wenn er online ist, dann schreibt er mir immer sofort, ich gehe somit davon aus, er unterhält sich nicht mit allzu vielen Frauen. Das passt, schliesslich schreibe ich auch nur mit ihm. Es gibt aber genügend Anwender, die mit Dutzenden von Frauen schreiben, so dass sie gar nicht mehr wissen, wer bereits was erzählt hat und dadurch noch ein Durcheinander bekommen.

Wir kennen unsere richtigen Namen nicht, irgendwie hat sich das nie ergeben, oder wir sehen es als Privatsphäre, letztendlich finde ich es auch nicht wichtig, seinen richtigen Namen zu kennen. Ich schätze er heisst Fabian. Wir stellen fest, dass wir beide Halbitaliener sind, dass unsere Mütter als Schweizerinnen einen Italiener geheiratet haben. Wir freuen uns über die Gemeinsamkeit und merken, dass wir dadurch wohl einen ähnlichen Erziehungsstiel in der Kindheit erlebt haben. Es macht Spass uns auszutauschen. Er fragt mich immer wieder nach meinen Kindern, wie der Tag mit ihnen war, was wir erlebt haben, wie es mit der Schule läuft, es gefällt mir, dass er Interesse an meinem Leben hat und dies auch am Tag danach noch weiss – nicht wie andere Anwender. Auch aufgrund unserer Fotos, welche wir gepostet haben, sehen wir Gemeinsamkeiten. Wir scheinen uns beide gerne in der Natur aufzuhalten und meine wandelbare Art von elegant zu natürlich und gemütlich, diese hat auch er. Ich fange an Gefallen am Chat zu haben, oder besser gesagt, an Fabi, unsere Unterhaltung wird immer persönlicher, er weiss immer mehr über mich und über meine Denkensweise, genauso ich über ihn. Ich sehe, dass dieser Chat wohl auch positive Erfahrungen bringen kann, wenn auch eher selten, aber vermutlich wird es schon Leute geben, die wirklich einander auf diesem Weg gefunden haben.

Nun, wir haben so viel Text ausgetauscht und «Fabi» fragt mich nicht, ob wir uns treffen können. Ich bin froh, schliesslich habe ich erwähnt, dass ich es nicht mag, diese aufdringliche Art. Wir sprechen auch nicht über Liebe, er scheint im Chat auch nur angemeldet zu sein, so wie ich, um die einsame Sofazeit erträglicher zu machen. Ich weiss nicht einmal, ob er zu haben wäre, ich gehe davon aus, da er im Chat angemeldet ist, muss hierzu jedoch erwähnen, dass es genügend Ehemänner gibt, die ebenfalls im Chat angemeldet sind, von daher, ist alles möglich. Egal ob er Single ist oder nicht, wir unterhielten uns bis anhin eh nicht über die Liebe – ist sowieso zu kompliziert.

Ich frage «Fabi» wie alt er ist, da bei seinem Nickname noch 84 steht, gehe ich davon aus, er ist zwei Jahre jünger als ich – so ist es. Ich erkundige mich, ob es ihn nicht stört, mit einer «älteren» Frau zu schreiben. Es macht ihm nichts aus, begründet, dass Alter sei nicht massgebend, um sich zu verstehen. Seine Einstellung gefällt mir. Er fragt mich, ob ich alleinerziehend bin, ich erzähle ihm in Kurzform, weshalb es zur Scheidung kam. Er versteht mich, findet psychische Gewalt muss man nicht dulden, fragt aber nichts nach. Weil es ihn nicht interessiert oder weil er mich nicht ausfragen will? Ich weiss es nicht, er verhält sich immer sehr anständig und diskret, von daher gehe ich davon aus, er möchte mir nicht zu nahe treten und findet es vermutlich auch nicht passend, in einem Chat persönliche Angelegenheiten dieser Art zu besprechen. Er fragt nach den Namen meiner Kinder, nach ihrem Alter und ihren Charakteren, er scheint Kinder gerne zu haben, versteht auch meine Situation, die als Alleinerziehende nicht immer einfach ist, schön, ein Mann der mich versteht. Er macht mir Komplimente, dass ich bestimmt ein gutes Mami sei und interpretiert meine beschrieben Erziehung als sehr beeindruckend.

Von anfangs alle paar Tage mal zu schreiben, wurde es nun täglich. Noch genauer gesagt, sobald wir morgens erwachen, schreiben wir uns. Dann ab und zu zwischen durch, wenn wir Zeit dazu finden und dann abends. Er scheint ein spezieller Arbeitsrythmus zu haben, mal spricht er von früh aufstehen und dann von Nachtschicht. Ich frage ihn, was er denn beruflich macht, Schichtarbeit irgendwie bei einer städtischen Behörde / Aufsicht, ich frage nicht weiter nach, da ich merke, er gibt nicht viel über seinen Beruf preis. Ich bin neugierig, lasse es aber sein mit nachhacken, irgendwann werde ich es vielleicht doch noch erfahren. Ich überlege, wie es sein muss, in einem Schichtbetrieb zu arbeiten und wie ist wohl ist, einen Freund zu haben, der in Schicht arbeitet – aber wieso stelle ich mir diese Frage? Wir schreiben uns ja nur aus Langweile, Sofaflucht…

Er scheint zu arbeiten. Es ist jedoch Wochenende. Ich stelle mir vor, dass er Fliessbandarbeit macht, jedoch bei einer Behörde? Kaum vorstellbar. Zudem schreibt er mir mittlerweile auch während der Arbeit, sofern er Zeit dazu hat, kann man dies während der Fliessarbeit? Wohl kaum. Ich bin neugierig, versuche mehr herauszufinden und hacke nach mit Fragen wie, «ist wohl streng in Schicht zu arbeiten? Was hast du denn für Schichtzeiten?» während diesem Austausch scheint er dann doch mehr zu seinem Beruf zu verraten und ich erfahre, dass er Polizist ist.

Die Neugier mich in den Chat einzuloggen und die Erwartung von «Fabi» eine Nachricht zu haben, steigt immer mehr. Auch die Freude und das Glück, welches ich dabei verspüre, nimmt immer mehr zu. Weshalb? Ich schreibe einer unbekannten Person, welche ich noch nie im Leben gesehen habe und welche mir schreiben kann, was sie will und empfinde dabei ein wunderschönes Gefühl. Vielleicht bin ich naiv, aber ich vertraue dieser Person, dass er mir ehrlich sagt, was er denkt und ehrlich über sein Leben berichtet, wie es ist, obwohl mir sehr bewusst ist, wie es in solchen Chats abläuft. Er ist anders.

Langsam macht mich auch die Frage nach seinem Beziehungsstatus wahnsinnig. Es ist Dezember 2014, Weihnachten steht bald vor der Türe, es ist eine besinnliche Zeit, eine gemütliche Zeit, wobei man nicht gerne allein ist. Trotzdem frage ich ihn, ob er den Single ist. Er hat sich kürzlich getrennt, scheint noch enttäuscht zu sein, spricht von «schwarzen Tagen», ich weiss was er meint. Vermisst den gemeinsamen Hund, hat Mühe sich von ihm zu lösen. Ich zeige Verständnis, möchte aber nicht aufdringlich sein, er war es auch nie. Denke mir, wenn er mehr erzählen möchte, wird er es von sich aus tun. Beruhigend zu wissen, dass auch er Single ist, wieso eigentlich?

Da wir nun langsam das Thema Liebe angesprochen haben, bleiben wir noch etwas bei diesem, erzählen uns gegenseitig, dass wir enttäuscht sind, dass es nie «klappt». Versuchen aber auch, uns gegenseitig Mut zu machen, er meint, ich werde meinen passenden Mann schon noch finden, das hätte ich verdient. Ich hoffe er hat Recht.

Kaum öffnet er sich, habe ich das Gefühl, zieht er sich wieder zurück und spricht über andere Themen, oberflächliches oder mindestens nicht über die Liebe. Egal, er wird seine Gründe haben. Und wie ich ein paar Tage später erfahre, wohnt er mit seiner Ex noch zusammen in der gemeinsamen Wohnung, da die Kündigungsfrist noch läuft. Ein Stich verspüre ich im Herz. Es verletzt mich zu wissen, dass er mit einer Frau, nicht irgendeiner, sondern die, die er bis vor kurzem noch geliebt hat, eine Wohnung teilt. Ich ziehe mich zurück. Werde oberflächlicher und stelle mir vor, wie er mit ihr noch zusammenlebt. Die Gedanken verletzen mich, Enttäuschung verspüre ich und stelle dabei fest, dass ich gar kein Anrecht auf solche Gefühle habe.

Wieso empfinde ich so? Er gehört nicht mir und wir schreiben uns nur aus «Sofaflucht», kein Grund das ich so reagieren darf. Ich versuche gefasst zu bleiben, Verständnis zu zeigen und nicht enttäuscht zu reagieren, schliesslich geht es hier nur um eine Chatfreundschaft, nicht mehr. Ich frage nach dem Grund, weshalb die räumliche Trennung noch nicht stattgefunden hat. Er meint, die Wohnungssuche sei nicht einfach, der Mietvertrag bindend und die Motivation zu zügeln, sei nicht riesig. Für mich klingt es nach einer Ausrede, aber wie gesagt, ich kenne ihn nicht und im Chat, genauso wie im richtigen Leben, kann man erzählen was man möchte. Zudem ist er mir keine Rechenschaft schuldig, also lasse ich es bleiben und gehe enttäuscht ins Bett.

Die nächsten Tage melde ich mich weniger, und wenn, dann eher kühl und zurückhaltend. Wie gesagt, ich habe kein Anrecht böse auf ihn zu sein, es geht dabei mehr um meinen eigenen Schutz, um meine Gefühlswelt, durch die Distanz erhoffe ich mir, dass diese komischen Gefühle für ihn wieder genauso überraschend verschwinden, wie sie gekommen sind.

Ich versuche mich abzulenken, mich auf meinen Alltag mit meinem Job und den Kindern zu konzentrieren und zu verstehen, dass diese Chats wohl wirklich nicht für die wahre Liebe gemacht sind. Nicht zu vergessen, dass der Grund für meine Anmeldung im Chat die Flucht vor der Langeweile auf dem Sofa war. Ich denke, durch mein Zurückziehen, wird auch er verspüren, dass es wohl nicht der richtige Zeitpunkt war, uns kennenzulernen oder wie auch immer. Doch er scheint nichts zu merken, schreibt mir wie gewohnt, fragt sich auch nicht, weshalb ich anders bin, oder besser gesagt, es fällt ihm nicht auf. Wieso auch, er ist ein Mann, die merken das nicht so offensichtlich.

Meine Enttäuschung nimmt allmählich etwas ab, Tage vergehen, wir tauschen uns nicht mehr über das Thema aus. Bald steht Weihnachten vor der Türe und wir unterhalten uns darüber. Er muss viel Arbeiten, ich ebenfalls, erzähle ihm, dass meine Kinder zu den Grosseltern in die Ferien fahren, da ich arbeiten muss. Wir schreiben uns gegenseitig, dass wir die Einsamkeit an diesen Festtagen nicht mögen, dass uns kuscheln fehlt und verspüren die gleichen Bedürfnisse, teilen uns dies jedoch immer auf eine gewisse, distanzierte Art und Weise mit, so dass sich keiner von Beiden irgendwie eingeengt oder angesprochen fühlt.

Nach einigen Wochen schreiben traue ich mich, ihn zu fragen, ob er auch noch Kinder haben möchte. Irgendwie habe ich Angst vor seiner Antwort, er könnte «ja» sagen, somit wäre ich aus dem Spiel und die Chatgeschichte würde endgültig zu Ende gehen. Ohne zu zögern kommt von ihm ein klar «ja», es war, genauso wie bei mir, immer schon ein grosser Wunsch von ihm, eine eigene Familie zu haben. Hm, eigentlich klingt dies ja perfekt, wir haben die gleiche Vorstellung vom

Sinn des Lebens und das Wort Familie zählt als Hauptkern in unserem Leben. Doch in diesem Moment wird mir auch bewusst, wir hätten uns wohl vor über 10 Jahren kennenlernen sollen, damit das Ganze realistisch gewesen wäre.

Stopp, so kann man es nicht sehen, ich habe zwei wunderbare Töchter, die ich über alles liebe und für nichts auf dieser Welt hergeben würde. Also war es richtig so wie es ist, wie bereits anfangs erwähnt, uns gibt es nur im Trio. Ich frage nochmals scheu nach «ach so du möchtest auch eine eigene Familie», er bestätigt dies nochmals, wie konnte ich auch denken, seine Antwort würde sich ändern. Und wäre ich glücklich gewesen, wenn er mit «nein» geantwortet hätte? Bestimmt nicht, schliesslich bin ich ein Familienmensch und habe zwei Kinder, würde also ein «nein» bedeuten, er würde sich für Kinder gar nicht interessieren und das würde nicht zu ihm passen, nicht so wie er immer alles über meine Kinder wissen wollte.

Auch wenn mir seine Antwort ein nochmaliger Stich ins Herz gegeben hat, wenigstens weiss ich nun woran ich bin. Enttäuscht und etwas gekränkt ziehe ich mich zurück, verabschiede mich rasch für den heutigen Tag und muss das zuerst mal für mich verarbeiten. Ich frage mich, kann man sich in einen Menschen ein wenig verlieben, ohne ihn jemals gesehen zu haben? Ist das überhaupt realistisch? Ich weiss nicht mal wer dahinter steckt, es könnte rein theoretisch auch eine Frau sein, seine Antworten könnten gelogen sein, es könnte auch nur eine Masche sein, um mich zu verarschen. Ich frage mich, was ihm das bringen sollte, wenn er nicht der wäre, für den er sich ausgibt. Aber wie gesagt, in solchen Chats ist alles anzutreffen. Ob ich will oder nicht, es wird mir bewusst, dass ich mich in einen Mann am verlieben bin, den ich gar noch nie gesehen habe, irgendwie macht mir dieses Gefühl auch Angst. Angst vor dem Verletzen, Angst enttäuscht zu werden, davon hatte ich in der Vergangenheit bereits genug und wollte es nicht nochmals erleben. Aber müssen wir, wenn's ums Thema Liebe geht, nicht immer wieder in Kauf nehmen verletzt zu werden? Wenn wir Gefühle zulassen und die Liebe spüren wollen, müssen wir wohl oder übel auch damit rechnen, verletzt zu werden, dies gehört leider zu den Spielregeln zum Thema Liebe. Ich wünschte mir in diesem Moment, nie mit diesem unbekannten Menschen geschrieben zu haben.

Wie erwähnt, ich ziehe mich zurück. Ihm ist dies natürlich wieder nicht bewusst. Wie gesagt, Männer haben in diesem Bereich wenig Feingefühl, dies zu bemerken. Ich finde mich damit ab, dass dies wohl ein schönes Märchen gewesen wäre, jedoch ohne Happyend. Es tut weh, aber ich versuche mich abzulenken, mir ins Gewissen zu reden, dass er vielleicht gar nicht ein so toller Typ gewesen wäre, wie ich dachte, dass macht die Enttäuschung etwas aushaltbarer. Ich gebe mir Mühe ihn zu vergessen, doch es scheint nicht zu funktionieren, der Drang mich in den Chat einzuloggen, mich mit ich zu unterhalten, ist einfach zu stark. Ich finde, da ich nichts mehr zu verlieren habe, kann ich nun ganz offensiv fragen, wieso er überhaupt in diesem Chat angemeldet ist. Schliesslich haben wir auch dies in all den Wochen nie geklärt, obwohl dies bei den meisten Benutzer dieser Plattform eher eine anfängliche Frage ist.

Seine Antwort, auf meine Frage, was er hier im Chat genau suche, ist nicht so ganz klar definiert. «eine Affäre, eine Freundschaft, eine Chatbekanntschaft, ich habe mir nicht allzu viele Gedanken dazu gemacht». Als ich das Wort Affäre lese, verstehe ich die Welt nicht mehr. Weshalb unterhalten wir uns seit Wochen, geben unseren Alltag preis, vertrauen uns persönliche Sachen an, wenn er nur eine Affäre möchte. Ich bin sauer, oder auch beruhigt, schliesslich passen wir sowieso nicht zusammen, er möchte noch eigene Kinder, ich habe ein Gefühlschaos, hatte das Gefühl wir kennen uns seit einer Ewigkeit, nun habe ich das Gefühl ich weiss gar nicht wer und wie er ist. Ich frage nochmals verwirrt nach «eine Affäre?». Er holt aus bei der Antwort, meint, nicht dass er dies Suchen würde und nicht unbedingt der Typ dazu sei, aber man wisse ja nie im Leben, was alles geschieht. Ergänzt dann noch, auch aus einer Freundschaft, könne ja irgendwann Liebe entstehen. Hat er dies nun erwähnt, um nicht als Macho da zu stehen, oder um mir doch noch ein kleines Fünkchen Hoffnung zu geben, dass auch die grosse Liebe nicht ausgeschlossen ist.

Ich habe so viele Gedanken im Kopf, ein grosses Durcheinander, was ich nun über ihn denken soll. So viele Eindrücke und irgendwie bringt mich all das nicht weiter. Natürlich fragt er auch mich, was ich den so suche im Chat. Meine Antwort, wohl etwas zickig, lautet «suchen tue ich gar nichts, aber wer weiss, vielleicht finde ich ja die grosse Liebe, denn alle anderen Aufzählungen von dir, die kommen für mich nicht in Frage.» Okey, er hat nun verstanden, bei mir muss er seine Männlichkeit nicht unterstreichen, das kommt bei mir nicht gut an, er betont nochmals, dass es anfänglich ja eine Freundschaft sein kann und auf einmal doch noch Liebe wird. Ich bin da etwas anderer Meinung, ich denke, eine lange Freundschaft soll bei einer Freundschaft bleiben und wenn ich jahrelang keine Liebe für eine Person empfinde, wird dies nicht nach Jahren plötzlich so sein. Aber egal, wie ich feststelle, kommen immer mehr Anzeichen, dass wir gar nicht zusammenpassen würden. Wozu sollen wir uns dann überhaupt noch schreiben? Ist doch reine Zeitverschwendung. Soll er seine Affäre oder super Freundschaft im Chat finden, nichts für mich.

Ich ziehe mich noch mehr zurück, habe das Gefühl, dieses Mal merkt er vermutlich etwas, spürt das ich weniger schreibe und viel oberflächlicher. Umso überraschter bin ich, als er mich nach einem Treffen fragt. Wie jetzt? Auf einmal will er mich sehen, bis anhin war es nie ein Thema, was für mich auch beruhigend war, schliesslich zeigte dies, er ist anders. Und jetzt wo ich mich damit abgefunden habe, dass wir beide wohl nicht füreinander bestimmt sind und ich mir die grösste Mühe gebe, ihn aus dem Kopf (und aus dem Herzen) zu bringen, fragt er mich nach einem Treffen.

Ich bin überfordert, weiss nicht was antworten, wozu soll ich einen Mann treffen, der eine Freundschaft oder so was ähnliches sucht? Was soll ich antworten? Gut, ich habe eine passende Antwort, die ihn nicht kränken sollte und eigentlich auch ehrlich ist. «ein Treffen wird schwierig, ich habe zwei Kinder, die kann ich nicht einfach so allein lassen». Er zeigt Verständnis, reagiert locker, nicht eingeschnappt, nicht aufdringlich, nimmt es einfach hin. Mich jedoch verwirrt seine Frage sehr. Wieso will mich ein Mann treffen, der genau weiss, für mich kommt nur Liebe in Frage und nichts Anderes? Ich mache mir schon fast wieder ein bisschen Hoffnungen, nein ja nicht, sonst werde ich schon wieder enttäuscht, vermutlich wollte er einfach nur mal sehen, wer ich bin. Ich belasse das Ganze und bin vorerst froh, dass er meine Antwort akzeptiert hat und nicht weiter danach fragt, sich zu treffen.

Ich gebe meine Handynummer nicht gerne an fremde Leute, welche ich noch nie gesehen habe, aber langsam wird es mühsam über den Chat zu schreiben, schliesslich schreiben wir sehr persönlich und regelmässig. Er scheint sich die gleichen Gedanken zu machen, schreibt mir seine Handynummer und meint, wir können ja über Whats app schreiben, sei doch einfacher. Ich bin happy, seine Nummer bekommen zu haben, und schreibe ihm wie abgemacht über Whats app. Ich spreche ihn mit «Hoi Fabi» an, schliesslich kennen wir bis heute unsere Namen nicht. Bedanke mich für seine Nummer und teile ihm mit, dass ich es auch bevorzuge auf diese Art und Weise zu kommunizieren, die Chatloggins haben wir beide gelöscht, schliesslich haben wir sowieso mit keinen anderen Personen geschrieben. Ich verabschiede mich mit «Angi». So, nun kennt er meinen Namen, wurde auch endlich Zeit. Er heisst Fabrizio, klingt besser, italienischer, als Fabian.

Es ist der 30.12., er bedankt sich, dass ich mich über Whats app bei ihm melde und somit der Chat der Vergangenheit gehört. Er scheint sich zu freuen, dass wir nun unsere Nummern ausgetauscht haben, dies gibt mir wieder das Gefühl, dass ich ihm auch nicht egal bin. Er fragt mich, ob ich Silvester mit meinen Kleinen feiern werde. Ich kläre ihn auf, dass ich die nächsten Tage kinderfrei bin, da ich noch arbeiten musste, sind die Kinder ein paar Tage bei den Grosseltern. Er fragt mich spontan und direkt, ob ich Lust und Zeit hätte, am 1.1. einen gemeinsamen Spaziergang zu machen, es hat viel geschneit.

Ich bin überrascht, er fragt nochmals für ein Treffen, er scheint doch hartnäckiger zu sein, als ich dachte, weshalb will er mich unbedingt sehen? Um eine Freundschaft zu pflegen? Oder empfindet er eventuell doch auch etwas mehr für mich? Ich habe keine Ahnung, ich weiss nur, dieses Mal kann ich die Ausrede mit den Kindern nicht mehr bringen, denn die sind bei den Grosseltern versorgt. Ich habe nichts zu verlieren, an einem Treffen, welches ich jederzeit und frühzeitig beenden kann und schliesslich möchte ich die Person, welcher ich nun seit Wochen schreibe, auch mal sehen. Ich habe sogar etwas Hoffnung, dass ich bei einem Treffen vielleicht so enttäuscht bin und er gar nicht mein Typ ist, dass es mir noch leichter fällt, ihn zu vergessen, da ja die Voraussetzungen für eine gemeinsame Zukunft sowieso nicht erfüllt sind. Ich sage zu und teile ihm mit, dass ich mich freuen würde, ihn mal live zu sehen. Er spricht mich auf mein Profilbild an, ob das Foto neu gemacht ist, er findet es bezaubernd. Immerhin, die Komplimente gehen nie unter und ich frage mich, ob man bei einer Freundschaft von bezaubernden Fotos spricht? Er wünscht mir jeden Tag zum Abschied süsse Träume. Männer, ich habe sie noch nie verstanden.

Er spricht nochmals unser Treffen vom 1.1. an, schlägt vor uns um 18.00 Uhr in Zürich beim Albisgüetli zu treffen. Wir telefonieren nie, schreiben uns nur, irgendwie bin ich froh darüber, ihn scheint es auch nicht zu stören, ich mag es, die Stimme eines Mannes das erste Mal live zu hören, nicht über ein Telefon, vielleicht denkt er ja genauso darüber wie ich. Er freut sich über das bevorstehende Treffen, gibt an, nervös zu sein. Süss, ein Mann der ehrlich ist, ich mag es – ich mag ihn.

Um 00.10 Uhr schreibt er mir alles Gute zum neuen Jahr, es freut mich, dass er an mich denkt und mir gleich schreibt. Ich werde jedoch unsicher über das Treffen, ich tausche mich mit meiner Freundin aus, will wissen, was sie davon hält. Mein Argument ist, weshalb soll ich einen Mann treffen, der nur eine Freundschaft will, macht doch keinen Sinn, die Lust auf ein Treffen lässt nach. Meine Freundin ermutigt mich, macht mir klar, dass ich nichts zu verlieren habe und findet, lieber eine gute Freundschaft, als gar nichts. Sie meint, wer weiss, was sich später noch entwickeln wird. Ich bremse sie mit den Worten «nein, er möchte noch Kinder». Okey sie hat Recht, ich gehe zum Treffen.

Es ist der 1.1. Das Treffen sollte für einen Spaziergang sein, der Panoramaweg am Albisgüetli, ich kenne ihn nicht, es war sein Vorschlag. Ich bin erzogen worden, dass man mit Fremden nie an einem einsamen Ort abmachen soll. Also ziehe ich mich zurück, teile ihm mit, dass ich mich in der Öffentlichkeit treffen möchte. Ja, er ist Polizist, aber das ist für mich nicht Grund genug, ihm blind zu vertrauen, schliesslich sind in den Filmen Polizisten die besten Gauner. Er lächelt, findet aber meine Einstellung gut und akzeptiert sie auch.

Ich habe ein neues Profilbild gepostet im Silvesterkleid, sein Kommentar dazu, er finde mich so hübsch und das mache ihn gleich noch nervöser. Ich frage mich wieder, wieso macht er sich solche Gedanken, wir treffen uns ja nur, um allenfalls eine Freundschaft aufzubauen oder zu beginnen oder was dazu seine Erwartungen sind. Komisch. Wir erklären uns gegenseitig, dass wir in Sachen Dates nicht mehr so geübt sind, er meint, wenn wir uns live so gut verstehen wie beim Schreiben, kann ja nichts schief gehen. Wir scheinen beide aufgeregt zu sein, scheinen das gleiche zu empfinden, für mich ist es eher überraschend, dies von ihm zu hören, da bis anhin ich diejenige war, die Hoffnung auf Liebe hatte.

Wir haben uns nun definitiv für 18.30 Uhr verabredet, ich weise ihn nochmals darauf hin, dass ich mich lieber in einem Restaurant treffen möchte. Er schlägt vor, dass Restaurant Schützenruh an der Üetlibergstrasse. Wir machen uns für das Treffen bereit, die Nervosität steigt, er teilt mir dies mit und ergänzt, dass er hofft, dass ich ihn auch nach diesem Tag nochmals sehen möchte. Wozu diese vielen Gedanken von seiner Seite?

Ich fahre los, weiss nicht ob ich mich freuen soll, ihn endlich zu sehen, oder ob ich enttäuscht sein werde, dass er live vielleicht ganz anders ist. Wäre das gut oder schlecht? Gut wäre es, dass ich dadurch mein

Gefühlschaos wieder im Griff hätte, weil ich dann wüsste, dass er nicht mein Typ ist und das Thema Liebe endgültig mit diesem Mann abgeschlossen wäre und somit seine benannte Freundschaft als Alternative zum Zug kommen könnte.

Ich bin angekommen, das von ihm angegebene Restaurant ist geschlossen, klar es ist 1.1. wird schwierig was zu finden. Ich schreibe ihm das ich da bin. Das Telefon klingelt, er ist es, soll ich abnehmen? Ich habe wohl keine andere Wahl. Seine Stimme hört sich gut an, männlich und angenehm, ich bin beruhigt. Er teilt mir mit gleich dort zu sein und das wir bestimmt ein anderes Restaurant finden werden.

Er ist da. Er steigt aus, ich bleibe im Wagen sitzen und lasse die Scheibe hinunter. Wir begrüssen uns und er meint ich solle ihm folgen, er habe eine weitere Idee für ein Restaurant. Es ist mir peinlich, dass ich nicht ausgestiegen bin, wie komme ich arrogant rüber, im Auto sitzend über die Fensterscheibe sprechend? Oh Gott, jetzt darf mir kein Fehler mehr passieren. Mein Herz klopft, er ist sympathisch, er ist der Mann aus dem Chat, aus dem Whats app Profil, er ist es tatsächlich keine Täuschung. Er gefällt mir gut, er hat eine sehr herzliche Ausstrahlung, wirkt sehr lieb und hat eine angenehme Art. Er ist der Mann, dem man blind vertrauen kann, das ist einer meiner ersten Gedanken. Der Mann, der ehrlich ist und nie eine böse Absicht hätte, eine Frau bewusst zu verletzen. Ich bin beeindruckt, meine Gedanken um seine erwähnte Freundschaft habe ich in den Hintergrund gestellt und ich fühle mich, als hätte ich ein richtiges Date, ein Date bei dem es um Liebe geht oder zumindest, bei welchem man sich so Mühe gibt, als würde es sich wirklich lohnen.

Ich hoffe er empfindet dasselbe für mich. Sein strahlen bestätigt mir, ich gefalle ihm auch. Glücklich folge ich ihm, die Pizzeria Mezzo hat offen. Wir steigen aus dem Auto und geben uns drei Küsschen, er riecht gut und seine Nähe zu spüren, fühlt sich gut an.

Ein komisches Gefühl, so lange geschrieben zu haben, so viel persönliche Worte und Gedanken ausgetauscht zu haben und jetzt sitzen wir voreinander da. Wir spüren, die Vertrautheit ist immer noch da, die Schreibenszeit hat uns näher gebracht und wir haben das Gefühl uns schon lange gekannt zu haben. Er ist nervös, genauso wie ich. Er sagt es ehrlich und direkt, mir ist es ein wenig peinlich. Jede Sekunde, in der wir mal nichts sprechen, scheint ihm peinlich zu sein und erwähnt es auch. Ich finde es nicht tragisch und geniesse auch ein paar ruhige Sekunden, er findet es komisch, da wir uns über Whats app so viel getextet haben. Nun sind wir etwas scheu, ich finde es normal.

Er erzählt mir viel über seine Familie, über seine Schwester, über Italien. Ich höre aufmerksam zu, schmunzle, da mir vieles Bekannt vorkommt, wie bereits anfangs erwähnt, wir haben wohl auch viele Gemeinsamkeiten aus der Kindheit, Erziehung, italienische Mentalität. Ich von meiner Seite berichte über meine Kinder, jedoch im Masse, möchte mich nicht nur als Mami zeigen, auch als Frau. Er ist aber neugierig, will alles wissen über meine Kinder, sie scheinen nicht zu stören. Kurz tauschen wir uns auch noch über die Berufe aus, irgendwie habe ich bei ihm noch nicht ganz den Durchblick, was er alles als Polizist macht, die genauen Aufgabengebiete, die Arbeitszeiten, es ist mir aber ehrlich gesagt in diesem Zeitpunkt auch nicht bewusst, dass er beruflich ein Polizist ist. Sein Beruf tut nichts zur Sache, ich will ihn als Mensch kennen. Im Gegenteil, hätte man mir gesagt, dass ich jemals mit einem Polizisten ein Date haben würde, hätte ich gelacht und gesagt, oh nein lieber nicht.

Er ist wirklich so, wie ich ihn mir beim Schreiben vorgestellt habe, kein Draufgänger, sehr angenehm, nicht arrogant und sehr interessiert an meinem Leben, an mir. Er ist einfach anders, anders als die Männer, welche ich bis anhin kannte. Ich frage mich, weshalb er in einem Chat angemeldet war, er scheint so normal zu sein, aber das kann ich hoffentlich von mir auch sagen und trotzdem habe ich mich angemeldet.

Er erwähnt immer wieder, er hoffe, dass ich nach diesem Treffen noch mit ihm in Kontakt bleiben werde. Ich frage mich, wieso er das bezweifelt. Zeige ich ihm zu wenig Begeisterung? Er scheut nicht mit Komplimenten, sagt mir, dass ich live genauso gut aussehe wie auf den Bildern, wenn nicht noch besser. Es schmeichelt mich. Er meint, ich hätte wohl genug Möglichkeiten an Dates zu kommen. Mit dieser Aussage kann ich ihm gleich mitteilen, dass ich nicht so eine bin. Ich möchte das er weiss, dass er für mich speziell ist und ich nicht einfach mit jedem Mann ein Treffen eingehen würde. Ich teile ihm mit, dass ich wohl wählerisch bin, dass ich grossen Wert darauflege, dass es ein Mann ernst meint und dass es nicht einfach ist, einen passenden Mann zu finden, mit der gleichen Einstellung zum Leben, mit den gleichen Wünschen und Ziele und mit den gleichen Vorstellungen einer Beziehung. Er mag es, mir zuzuhören und versteht mich nur allzu gut, angeblich hat er ähnliche Erfahrungen gemacht. Ich habe das Gefühl, das erste Mal im Leben mit einem Mann zu sprechen, der mich wirklich versteht und nicht nur so tut, als ob.

Er erzählt mir, wie er es sich vorstellt, wenn er dann mal Vater sein wird. Mir schmerzen diese Worte, weil er mir damit gleich bestätigt, dass es zwischen uns nie eine Liebesbeziehung geben wird. Wieso macht er mir denn Hoffnungen und Komplimente? Ich verstehe es einfach nicht. Ich höre ihm zu, versuche, mir nichts anmerken zu lassen, er soll seine Vaterwünsche aussprechen können und erleben dürfen. Ich mag es ihm gönnen, auch wenn ich ihn noch nicht wirklich gut kenne, eines weiss ich, er ist ein Mensch, dem ich von Herzen nur das Beste wünsche.

Die Zeit vergeht wie im Flug, leider, ich weiss nicht wie lange er noch bleiben kann, ich wünschte mir der Abend würde nie aufhören. Er schlägt vor, ob wir noch irgendwo anders hingehen sollen. Beruhigend zu wissen, dass er noch nicht flüchtet, der Abend geht weiter. Er meint ich könnte mein Auto auf dem Parkplatz lassen und wir könnten mit seinem weiter fahren ins nächste Lokal. Ich verneine, auch hier habe ich gelernt, mit keinen Fremden ins Auto zu steigen. Er grinst und meint «jetzt bin ich ja nicht mehr fremd». Er hat recht, er wirkt harmlos und sehr liebenswert, ich erkläre ihm, dass dies meine Regeln sind und ich mich deshalb daran halte, auch wenn ich wisse, dass er nicht so sei. Er versteht mich, findet meine Einstellung gut.

Wir fahren also getrennt in Richtung Saalsporthalle, parkieren dort unsere Autos. Wir schlendern in Richtung Sihlcity, das Vapiano scheint offen zu sein. Die Strassen sind sehr eisig, mit meinen hohen Stiefeletten wohl etwas gefährlich, aber wer schön sein will, muss leiden. Seine Kleidung haut mich nicht um, muss dazu aber erwähnen, wir haben ursprünglich ja für einen Spaziergang abgemacht. Egal, bei einem weiteren Date hat er nochmals die Chance dazu, dies auszubessern. Mit meinen Schuhen über das Eis zu laufen ist nicht ganz einfach, wäre ja zu peinlich jetzt noch zu stürzen. Er bietet mir an, mich an seinem Arm zu halten, ich traue mich nicht, bleibe still, antworte nicht.

Wir sind angekommen im Vapiano. Wie zwei Deppen kennen wir uns mit dem Bestellsystem nicht aus. Ihm ist es äusserst peinlich, ich finde es süss, eine erneute Bestätigung, dass wir Beide mit der modernen Technik nicht viel anfangen können. Wir setzen uns im oberen Stock an einen zweier Tisch, die Atmosphäre ist sehr ungezwungen, dies vereinfacht es uns auch, locker wieder ins Gespräch zu kommen. Er spricht mich auf den Kontakt zwischen den Kindern und dem Vater an. Ich erkläre ihm die Problematik und, dass die Kinder nicht viel von ihrem Vater haben, beziehungsweise sich einen richtigen Vater wünschen würden. Er scheint auch in diesem Punkt ohne grosse Worte die Situation erkannt zu haben, wird beruflich auch damit konfrontiert und kann es deshalb sehr gut nachvollziehen, wie die Kinder und ich fühlen. Er hat eine sehr diskrete Art und Weise, wie er über heikle Themen spricht, er fragt mich nicht aus, gibt mir nicht das Gefühl, dass ich reden muss, zeigt aber dennoch Interesse, so dass ich mich wohl fühle, ihm davon zu erzählen.

Die Zeit vergeht und es wird langsam spät, Zeit aufzubrechen. Ich bin traurig, der Abend verging viel zu schnell. Wir laufen zu unseren Autos, möchten uns am liebsten gar nicht verabschieden. Er erwähnt nochmals, er hoffe, dass ich auch noch nach diesem Date mit ihm in Kontakt bleibe. Für mich gibt es kein Grund, mich nicht wieder mit ihm zu treffen. Mit drei Küsschen verabschieden wir uns und fahren in getrennte Richtungen.

Mein Gefühlschaos ist noch grösser denn je. Ich weiss, ich habe soeben den perfekt zu mir passenden Mann, gefunden, es klingt kitschig, dass ich dies nach vier Stunden so empfinde, aber es ist nun mal so. Ich bin felsenfest davon überzeugt, dass er zu mir gehört. Ich habe mich definitiv in ihn verliebt. Die Gefühle, welche beim Schreiben entstanden sind, haben sich noch mehr verstärkt, jedoch wird mir gleichzeitig auch bewusst, wie er über seine zukünftigen Kinder geschwärmt hat, über eine Familie, die er sich wünscht. Die Komplimente und seine Hoffnung auf weitere Treffen, verwirren mich noch mehr.

Ich fahre nach Hause und bin total aufgewühlt. Als ich ankomme, sehe ich noch keine Nachricht von ihm auf meinem Handy. Ich bin verwirrt, wieso schreibt er nicht mehr? Was habe ich falsch gemacht? Was denkt er über mich? Ich will alles wissen. Ich warte... aber nichts kommt. Als Frau erwarte ich, dass er mir zuerst schreibt. Ich halte es nicht mehr aus und frage ihn, ob er gut nach Hause gekommen ist und erwähne dabei, dass er ein super Typ sein, dass ich ihn wohl vor 10 Jahren hätte kennenlernen sollen. Ich warte wieder... keine Antwort. Was ist bloss los. Frauen sind ungeduldig. Klar schreibt er nicht, sein Heimweg war einiges länger als meiner. Wie dumm von mir.

Jetzt kommt seine Nachricht. Er bedankt sich herzlich für den wunderschönen Abend, er erwähnt meine offene, ehrliche Art, die er sehr zu schätzen weiss. Er sei glücklich, dass er mich treffen durfte, ich sei eine wunderschöne, attraktive sympathische Frau und er würde sich wahnsinnig freuen, mich nochmals zu treffen. Er ergänzt noch, das komme eventuell etwas kitschig über meint er, aber er müsse noch los werden, dass er es liebe, wie ich zu strahlen beginne, wenn ich von meinen Töchtern spreche und, dass dabei meine wunderschönen Augen noch intensiver strahlen.

Ich bin soo glücklich, er empfindet wie ich, schwärmt von mir genauso wie ich von ihm, wenn da nur nicht sein Sinn des Lebens noch wäre, der uns voneinander fernhält. Wir flirten beim Schreiben, ich teile ihm mit, wie reif er ist, dass er ein guter Zuhörer ist, nicht aufdringlich und dass ich mich in seiner Gegenwart sehr wohl fühle. Er antwortet, dass ich ihm an diesem Abend einige Sachen erzählt habe, die ihn sehr beeindruckt haben, über die er noch öfters nachdenken wird und, dass ihn unsere Gespräche wohl noch reifer machen werden. Was genau er auch immer damit meint? Was genau das sei, werde er mir persönlich bei einem weiteren Treffen erzählen und, er würde sich sehr freuen, wenn wir uns wiedersehen. Das tönt schon mal sehr gut, aber meine Neugier lässt nicht zu, dies nun einfach im Raum stehen zu lassen, was ihn so beeindruckt haben soll. Er meint, sobald ich wieder Zeit und Lust habe, wünscht er sich ein erneutes Treffen. Nun, er gibt mir doch noch ein Stichwort, was das Beeindruckende war: meine Erzählungen zum Thema Familie, Kinder und auch die Vorstellungen meiner Kinder und der Zukunft. Dies habe ihn zum Nachdenken angeregt, er müsse bei sich selber einige Sachen hinterfragen, bei welchen er bisher eine klare Vorstellung hatte. Er sehe gewisse Situationen und auch vergangene Erlebnisse nun von einem anderen Blickwinkel. Tönt spannend, Mal schauen was dies dann konkret bedeuten wird.

Wir finden ein gemeinsames Datum in zehn Tagen, um uns wieder zu treffen. Er hat Verständnis für meine Situation als Alleinerziehende, dass ich nicht immer frei bin für ein Treffen. Wir sind beide happy, machen uns weiterhin Komplimente. Ich teile ihm mit, dass es mich nervt, dass er mit seiner Ex noch in der gleichen Wohnung lebt. Es macht mich wahnsinnig, dieser Gedanke, nachdem ich ihn getroffen habe und er so ein toller Mann ist, zu wissen, er teilt seine Wohnung mit einer Anderen. Er versteht mich, meint es sei für ihn auch sehr mühsam, aber er habe nach unserem Date den völligen Adrenalinkick, dass er es kaum noch wahrnehme, mit seiner Ex zu wohnen.

24

Ich lasse ihn an meinen Gefühlen teilhaben, schreibe ihm, dass ich traurig sei, dass ich mich an unseren Chataustausch erinnere, dass er nur eine Freundschaft sucht. Ich möchte schliesslich nicht, dass es Missverständnisse gibt, oder ich mir falsche Hoffnungen mache. Das würde mich zu sehr verletzen. Er antwortet, dies habe ihn auch noch beschäftigt. Nun habe er mal eine wundervolle Frau kennengelernt, die genau weiss, was sie wolle und ihm unglaublich gut gefalle, dies habe ihn auch aufgewühlt. Unsere tiefgründigen Gespräche haben ihn über den Sinn und die Einstellung zum Leben nochmals zum Nachdenken gebracht. Und was seine Idealvorstellungen anbelange, was sei schon ideal und seine Zukunftsvorstellungen, welche er mir über den Chat mitgeteilt habe, über diese werde er noch intensiv nachdenken. Er habe immer von eigenen Kindern gesprochen, der Sinn vom Leben, er fange dies jedoch an zu hinterfragen, was wirklich sein Sinn vom Leben sei, eigene Kinder zu haben, oder weitervermitteln, ob es Fleisch und Blut sein müsse, das der Nachwelt hinterlassen werden sollte, oder doch seine gute Art, das Leben zu führen und vermitteln und dies weiterleben zu lassen. Ich teile ihm mit, dass auch mein Sinn des Lebens immer war, eine eigene Familie zu haben, ich diesen Traum sehr früh erfüllen durfte, jetzt jedoch alles anders gekommen sei. Dass ich aber immer noch den Traum hätte, wieder eine Familie zu sein, aber auch durch meine Situation lernen musste und feststellte, dass mir die Kinder zwar erhalten bleiben, aber ab einem gewissen Alter nicht mehr mir gehören und somit der Sinn des Lebens nicht alleine die Kinder sind. Die Partnerbeziehung sei genauso bedeutend, bleibt einem ein Leben lang, auch wenn die Kinder gross und selbständig sind, ein passender Partner im Leben bleibt für die Ewigkeit und teilt sein Leben gemeinsam.

Ich war überzeugt, mein Leben endet als Familie, der Gedanke ich würde jemals geschieden sein, war keine Sekunde in meinem Kopf. Doch wir können unser Leben nicht steuern, es kommt leider oftmals völlig anders als erwartet, wie ein schlechter Traum, der uns aber schnell wieder in die Realität holt. Doch nach langer Heilung der Wunden kann man verspüren, dass es noch besser sein kann, sofern man den zerplatzen Traum, die Vergangenheit loslässt und in der Gegenwart lebt, ohne sich zu verkrampfen, ohne die Gedanken, man habe etwas nicht geschafft.

Es fasziniert mich, dass er über Gefühle sprechen kann, so tiefgründige Gespräche führt, gibt es wohl kaum bei den Männern. Er meint, er sei kein Coolio, das komme bei Frauen meist nicht gut an, die wollen eher einen Bad Boy. Ich äussere mich, dass ich auf keine Coolios stehe, ich wolle einen Mann der echt ist, der seine Gefühle zeigt und nichts überspielen muss. Er meint, er hätte nie gedacht, dass er eine solche Frau wie mich jemals kennenlernen würde. Er bestätigt mir, er sei so glücklich, dass unser Date so schön und erfolgreich gewesen sei, er empfinde es als ein riesiges Glück, er habe etwas Angst gehabt, dass ich ihn nicht mehr sehen möchte. Wie kann er nur so was denken, er ist ein wahr gewordener Traum, so was würde ich mir nie entgehen lassen, klar will ich ihn wiedersehen.

Er lässt mich wissen, dass wenn die richtige Zeit für mich gekommen sei, ich ihm dann mal ein Foto meiner zwei Süssen zeigen solle, die seien bestimmt eine wundervolle Persönlichkeit, mit mir als Mami. Lauter Schmeicheleien und Komplimente senden wird uns gegenseitig zu. Wir sind beide so aufgeregt, dass wir keinen Schlaf finden können und schreiben uns noch bis um 1.30 Uhr in der Nacht.

Am nächsten Morgen, kaum aufgewacht, geht das Schreiben wieder los. Keinen Moment, an dem wir nicht an uns denken oder uns schreiben. Ich teile ihm mit, dass ich meine Kinder wieder abhole, da sie ja in Betreuung meiner Eltern waren. Wir schwärmen nochmals über den vergangenen Abend, über das wunderschöne Treffen und, dass unsere Gedanken immer noch dort verweilen. Er meint es sei ein Traum, von dem man nie erwachen wolle, weil er so schön und genussvoll gewesen wäre. Ich teile ihm noch mit, wie reif er ist für sein Alter, dass ich es nicht fassen könne, dass es mich sehr beeindruckt, dass er als Mann in diesem Alter derart Gespräche und eine reife Einstellung hat. Er begründet dies mit seiner Erfahrung im Beruf.

Ich sende ihm wie versprochen ein paar Bilder meiner Kinder. Er findet sie süss, mit dem gleichen Lächeln wie ich hätte und findet es super, dass ich immer etwas mit meinen Kindern unternehme, dass ich aktiv sei, er bewundere meine Kraft und meinen Enthusiasmus.

Ich empfange meine Kinder, sie geben mir ganz viele Küsschen und sind happy mich wieder zu sehen. Kaum zu Hause angekommen, fragt Lusi mich aus, wie der gestrige Abend war. Natürlich hat sie mitbekommen, dass ich ein Date hatte. Ich möchte nicht zu viel erzählen, möchte nicht, dass sie sich über einen tollen Mann freuen und sich Hoffnungen machen, ihn auch kennenzulernen, wenn dann doch nichts daraus wird. Ich bin der Meinung, die Kinder sollen nicht involviert werden, solange nicht klar ist, wie es weitergeht. Es ist okey wenn sie wissen, dass ich jemanden am kennenlernen bin, aber ich möchte nicht, dass sie sich hineinsteigern und Wünsche haben, die ich ihnen dann vielleicht gar nicht erfüllen kann.

Sie möchten wissen, wie der Unbekannte heisst, ergänzen zu seinem Namen, dass sie diesen bereits mal auf meinem Natel gelesen haben. Sie wollen Fotos sehen, damit sie sich jemanden vorstellen können, dürfen sie ihn sehen, der Kommentar dazu, er sei ein Salatkopf. Sie fragen, was er so macht, im Beruf etc. ich erzähle, dass er Polizist ist, da fallen bei Cristina Tränen die Backen herunter. Ich bin total erstaunt, verstehe ihre Reaktion nicht, sie drückt mich ganz fest, gibt mir ganz viele Küsschen und sagt, das ist mein Mami. Ich antworte, ja das bin ich, aber was ist denn das Problem, ist es, weil ich einen Polizisten kenne. Sie nickt. Ich hinterfrage genauer, wieso sie das denn stört. Sie meint, wenn sie mal keine liebe sei oder gegen die Türe schlage und er bei mir auf Besuch sei, dann werde er mit ihr schimpfen. Ich antworte, dass ich ja auch mit ihr schimpfen müsse, wenn sie nicht anständig ist. Und was antwortet Lusiana gleichzeitig: dass er sie dann mitnehmen würde und ins Gefängnis sperren wird. Lusiana findet es sehr positiv, so könne er unser Haus vor den Räubern beschützen. Cristina fragt nach, ob er ein Auto mit blauem Licht habe. Ich habe eine offene Beziehung zu meinen Kindern, will dass wir über alles sprechen können.

Sie sind sehr neugierig, wohl vom Mami geerbt, die Fragen sind unendlich, ich versuche das Thema zu wechseln, wird aber schwierig.

Fabrizio möchte alles über meine Kinder wissen, was beim Verhör vorgekommen sei, was ich ihnen erzählt habe, wie sie reagieren. Er fragt an, ob sie gerne basteln, er möchte ihnen einen Bastelbogen von einem Polizeiauto schenken.

Wir tauschen uns über Whats app noch mehr Fotos aus und entdecken dabei, dass wir beide gerne unsere Freizeit in der Natur verbringen, nochmals eine weitere Gemeinsamkeit. Es macht Spass, jemanden kennenzulernen, der so gleich denkt, so gleich lebt und die gleichen Interessen hat. Die Kinder wollen auch noch mehr Fotos von ihm sehen, Lusiana findet, er könnte mal eine Modeberatung von ihr gebrauchen und Cristina taut auch langsam auf und singt: er ist hübsch.

Wir schreiben uns auch die nächsten Tage fast ununterbrochen. Ich erzähle ihm aus dem Alltag mit den Kindern, was wir so in den Ferien unternehmen, er erzählt mir, was er in seiner Freizeit so macht und wie seine Schichtdienste funktionieren. Ein nächstes Treffen ist noch nicht ganz klar geplant, ob es klappen wird, er scheint Verständnis zu haben, dass ich meine Kinder immer bei mir habe, ist nicht aufdringlich und stürmt auch nicht, er ist geduldig. Ich bin sehr froh darüber, auch wenn ich ihn sehr gerne sehen würde, im Moment ist es einfach nicht möglich und kein Verlass auf mein Ex Mann, ob er die Kinder jeweils für das Wochenende abholt oder nicht.

Ich erfahre, dass mein Ex-Mann kommendes Wochenende die Kinder zu sich nimmt, somit die Gelegenheit auf ein weiteres Treffen. Wir vereinbaren uns am Samstag 10.1. am Nachmittag zu sehen. Toll, dass wir uns nach wenigen Tagen wiedersehen können, wer hätte das gedacht, eigentlich war ja das Date vom 1.1. nur, um sich mal aus dem Chat live zu sehen und nun wollen wir uns schon wieder treffen, spricht eigentlich sehr für mich, dass er doch auch an mir interessiert ist, nicht nur freundschaftlich, aber ich will mich nicht zu früh freuen und bleibe realistisch.

Spontan teilt er mir mit, dass er am 6.1. in Affoltern am Albis ist, um seine Tante zu besuchen. Ich werde nervös. Er meint, je nach Zeit, könnten wir uns danach noch sehen. Ich bin am organisieren…, ich muss Lusiana involvieren, ansonsten klappt der Plan nicht. Er schreibt, er sei von 19 Uhr an bei seiner Tante. Ich lege Cristina ins Bett und sage ihr nichts. Sie schläft schnell ein, Lusiana weiss Bescheid. Er schreibt um 21 Uhr, dass er nun bei seiner Tante fertig ist mit dem Besuch. Ich mache mich auf den Weg nach Affoltern. Lusiana liegt nun auch im Bett und hat ein altes Handy auf dem Nachtisch für den Notfall. Ich fühle mich etwas schlecht, ich habe mir immer gesagt, nur für ein Date werde ich meine Kinder nicht allein zu Hause lassen. Für Elternabende war dies okey, aber nicht für ein Date. Lusiana störts nicht, sie sagt, Mami geh, alles ist gut.

Wir treffen uns auf dem Parkplatz vor dem Roots. Wir sind beide sehr nervös, auch wenn es das zweite Date ist. Da wir uns so intensiv und gefühlvoll getextet haben, ist nun die Aufregung noch viel grösser, denn diesmal wissen wir ja nun voneinander, wie wir denken und fühlen und die Begeisterung, welche wir gegenseitig empfinden.

Er sitzt seitlich neben mir, während unseren Gesprächen berührt er mehrmals meine Hand, es ist mir peinlich, ich lasse mir von seinen Berührungen nichts anmerken, bleibe kühl. Naja, wie soll ich reagieren, er hat damals im Chat immer von Freundschaft etc. gesprochen, Freunde berührt man nicht auf diese Art und Weise. Meine Gefühle für ihn sind sowieso schon viel zu intensiv, ich möchte nun wirklich nicht noch mehr empfinden, um letztendlich nur verletzt zu werden. Wir erzählen uns aus dem Alltag, wir haben nicht all zu viel Zeit, ich möchte Lusiana nicht zu lange allein lassen, irgendwie bin ich auch nicht so entspannt wie beim 1. Date, da ich die Kinder alleine zu Hause habe. Auch er hat noch einen weiten Heimweg, so dass wir nach gut einer Stunde uns wieder verabschieden. Wir sind happy, konnten wir uns spontan sehen und die Wartezeit somit verkürzen für das nächste grosse Treffen. Völlig aufgeregt fahre ich nach Hause.

Kaum zu Hause angekommen, geht natürlich die Schreiberei wieder los. Doch wir halten uns kurz, beide müssen am nächsten Tag arbeiten und fit sein. Wir teilen uns gegenseitig mit, wie angenehm unsere Gespräche sind, wie vertraut wir uns fühlen, dass wir das Gefühl haben, uns schon eine Ewigkeit zu kennen. Wie gerne wir uns austauschen und alles über den anderen wissen wollen, wie unbeschwert wir reden können, ohne überlegen zu müssen, was der andere dabei denkt. Wir stellen auch immer wieder fest, wie gleich wir denken, wie oft möchten wir etwas sagen und der Andere benutzt genau die gleichen Worte in der gleichen Sekunde, unglaublich, so was haben wir beide noch nie erlebt.

Am nächsten Tag schwärmen wir immer noch vom Vorabend. Ich bestätige ihm erneut, wie gut er mir gefallen hat, teile ihm aber auch mit, dass ich realistisch sei und das ich wisse, das er andere Ziele im Leben habe als ich, beziehungsweise, dass ich diese Ziele bereits erreicht habe. Ich möchte ihm bei seinen Zielen auf keinen Fall im Weg stehen, dafür ist er mir viel zu wichtig und eine viel zu liebenswerte Person, ich wünsche ihm von Herzen, dass er seine Wünsche und Träume auf seinem Weg erfüllen kann. Ich schreibe ihm, dass es wohl zu perfekt gewesen wäre, dass wir absolut zusammenpassen würden, dass es vermutlich zu viel Glück für mich wäre, wenn dieses Glück für mich bestimmt gewesen wäre. Darauf antwortet er, dass wir unbedingt darüber noch sprechen müssen, dass er viel über uns und das Leben nachgedacht hat. Ich bestätige ihm nochmals, dass ich seine Einstellung akzeptiere und verstehe und, dass ich ihn niemals von was Anderem überzeugen möchte oder überreden, denn das wäre definitiv nicht der richtige Weg. Er sei im idealen Alter eine eigene Familie zu gründen und ich wolle ihm in keiner Art und Weise dabei im Weg stehen. Ich teile ihm nochmals mit, dass ich meine Gefühle schützen möchte, nicht nochmals eine Enttäuschung erleben will und das ich lieber jetzt wissen möchte, dass es eben für ihn nur eine Freundschaft ist zu einer Frau mit Kinder, mehr nicht. Auch jetzt würde es mich verletzten, aber wir kennen uns erst für kurze Zeit, den Schmerz ihn zu vergessen wäre erträglicher als zu einem späteren Zeitpunkt.

Kurz und bündig antwortet er, ich sei traumhaft. Hm, das macht es mir wohl nicht leichter. Er hoffe, dass wir am kommenden Date am Samstag viel Zeit haben werden, um darüber zu sprechen. Er habe sich tiefgehende Gedanken über uns gemacht, er habe sich gefragt, was wäre, wenn ich nun wirklich seine perfekte Traumfrau wäre, es sei evt. etwas weit vorausgedacht, aber er sei jemand der sich gerne auch langfristige Überlegungen mache. Er habe mit seinem besten Kollegen ein tiefgründiges Gespräch darüber geführt. Er werde immer ehrlich sein zu mir, es sei ihm sehr wichtig. Ich erkläre ihm, dass ich nicht weiss, ob er mir gut tut oder nicht. Dass ich die gemeinsamen Momente mit ihm sehr geniesse, glücklich bin, ihn kennenlernen zu dürfen. Doch, dass ich danach dann oftmals wieder in die Welt der Tatsachen gelange, wo es mir klar wird, dass ich ihm die Zukunft, die er sich wünscht, gar nicht bieten kann. Ich bin kurz davor das Date abzusagen, erkläre ihm, dass meine Angst verletzt zu werden so gross sei, dass ich dadurch möglicherweise mein grösstes Glück des Lebens verpassen könnte.

Er möchte auf keinen Fall, dass ich leide und meint, er hoffe, dass er am Samstag diese negativen Gedanken von mir wegnehmen könne. Er bittet mich, ihn am Samstag zu treffen, ich dürfe ihn nicht stehen lassen, bevor ich ihn nicht ganz kennengelernt habe und nicht, bevor er mir seine Gedanken mitgeteilt habe. Ich erkläre ihm, dass ich Angst habe vor seinen Überlegungen, dass ich bis am Donnerstag das Thema mit meinen Kindern irgendwie in den Hintergrund stellen konnte, es mich jetzt aber wieder einholt und ich langsam vom Traum erwache und wieder in die Realität blicke. Ich teile ihm mit, dass es wunderschön war ihn kennengelernt zu haben und dabei festgestellt zu haben, dass wir die gleichen Träume und Ziele im Leben haben, jedoch nicht in der gleichen Ausgangslage sind. Auch schreibe ich ihm, dass er in vergangenen Beziehungen nicht weitergekommen ist, weil die nicht bereit waren eine Familie zu gründen, nun mit mir, komme er auch wieder nicht an sein gewünschtes Ziel. Ich erkläre ihm, dass ich nicht nur zuhöre, sondern auch diverse Aussagen hinterfrage und mir ein Bild daraus mache und die Erkenntnis dazu gewinne. Wir denken so gleich über das Leben, über so viele Dinge, weshalb führt uns das Schickschal zusammen, wenn wir doch unsere Ziele nicht gemeinsam erreichen können, nicht aus der gleichen Basis. Er sei für mich eine gefundene Nadel im Heuhaufen, aber, dass wir uns früher hätten kennenlernen müssen, um gemeinsam diese Ziele zu erreichen. Er gibt darauf die Antwort, es sei nicht korrekt, dass er mit mir wieder das Ziel einer Familie nicht erreichen könne, ich hätte ja bereits eine Familie und, wenn ich das zulassen würde, dass er ebenfalls ein Teil dieser Familie werden könnte, dann hätten wir ja das gleiche Ziel. Er wolle mir unbedingt seine Gedanken, die er sich zu diesem Thema gemacht habe, am Samstag persönlich erklären. Er hat sich dazu Notizen gemacht, die er mir anvertraut: «ist es wirklich der Sinn des Lebens, eigene Kinder gross zu ziehen und so ein Stück Leben von sich der Nachwelt zu hinterlassen? Oder liegt der Sinn eher darin, seine Moral und sein Gedankengut so zu vermitteln und weiter zu schenken, dass es der Nachwelt nachhaltig erhalten bleibt und somit ideologisch auch ein Teil mir und zugleich Kindern, ein einheitliches Familiengefühl und Familienleben erfüllt wird? Bin ich fähig fremde Kinder wie meine Eigenen zu erziehen und zu lieben?»

Seine Gedanken wirken sehr überlegt, reif und tiefgründig, ich bin beeindruckt, bedanke mich auch, dass er mir diese Worte anvertraut hat. Ich kann seine Überlegungen sehr gut nachvollziehen, ich habe mir auch Gedanken über uns gemacht, ob ihn überhaupt das Familienleben mit mir zusammen, mit uns zu Dritt, erfüllen würde? Würde er es nicht jemals bereuen? Würde er jemals zweifeln oder einen Sinneswandel haben? Würde ihm dies ausreichen, um den Sinn es Lebens zu erhalten? Ich bin froh, dass diese Entscheidung, welchen Weg weiter zu gehen, nicht bei mir ist und eines ist klar, ich würde nie im Leben wollen, dass er jemals etwas bereuen würde.

Ich habe mein Ziel des Lebens nicht geschafft oder anders ausgedrückt, die Ehe meiner Eltern, welche mir vorgelebt wurde, konnte ich selbst bei meiner Ehe nicht aufrecht halten. An dieser Stellte könnte ich euch meine Geschichte der Ehe erzählen, aber das Buch hätte dann zu viele Seiten, dies gehört in ein anderes Kapitel meines Lebens. Um mich kurz zu halten, meine Ehe ist gescheitert, heute weiss ich mit fester Überzeugung, es war das einzig Richtige.

Manchmal braucht es Umwege, um ans Ziel zu kommen, doch eines ist mir klarer als je zu vor, irgendwann im Leben möchte ich wieder eine Familie sein. Wer sagt, dass man dieses Ziel nur einmal im Leben haben darf? Wieso sollte man keine zweite Chance haben, dieses zu erfüllen? Ich habe es nicht geschafft, meinen Kindern einen tollen Vater zu schenken, es tut mir weh, dass sie dies nicht erleben dürfen, fühle mich schuldig dafür. Sie hätten es verdient, einen Vater zu haben, der ihnen Liebe und Aufmerksamkeit schenkt und, der sie durch das Leben begleitet.

Aber auch ich stelle mir die gleichen Fragen wie Fabrizio, jedoch aus meiner Sicht. Muss es der eigene leibliche Vater sein, der ihnen diese Liebe schenkt und die Vaterrolle übernimmt? Oder kann dies auch ein fremder Mann sein, welcher mit Freude und Offenheit meinen Kindern gegenüber, sein Leben gemeinsam zu Viert gehen möchte? Ich weiss es nicht, ob das möglich ist und, ob diese Liebe genseitig gegeben und angenommen werden kann, mit allen Ecken und Kanten, die jeder mit sich trägt. Aber ich bin mir sicher, dass Liebe mit viel Geduld, Verständnis und Zeit entstehen und wachsen kann. Denn sind wir nicht alle fähig, einen fremden Menschen zu lieben? Sonst wäre die Welt schon längst ausgestorben, bei jeder Beziehung, die wir eingehen, steht für uns ein fremder Mensch gegenüber. Ist es nicht so? Und die Liebe wächst, Tag für Tag, wir erleben schöne, aber auch hektische Momente, wir lernen die Sonnen- und Schattenseiten des Charakters kennen, wir erleben uns im Alltag und egal was ist, wir halten zueinander, sind für einander da und gehen den Weg gemeinsam. Wer weiss, ob ich jemals meinen Kindern so auch die Liebe eines Mannes, für sie als Vater, schenken kann.

Ich erwarte nicht, dass mein Partner ein Ersatzvater sein muss, in erster Linie, soll er zu mir passen, das gleiche im Leben noch erreichen wollen und das Ziel haben, gemeinsam alt zu werden, in guten und in schlechten Zeiten. Meine Kinder haben das Bedürfnis einen Ersatzvater haben zu dürfen, aber sie würden dieses nie in den Vordergrund stellen. Sie haben mir immer wieder gezeigt, dass für sie einzig und allein eines zählt, Mami soll glücklich sein, dann sind wir es auch. Sie spüren alles an mir, ob Glück, Freud oder Leid, ich kann ihnen nichts vormachen, sie verstehen es ohne Wort. Seit ich Fabrizio kenne, scheinen sie zu spüren, dass er mir gut tut, sie strahlen, sind happy und auch ich stecke sie mit meiner positiven Laune an.

Er ergänzt, dass er mir Zeit lasse und auch sich die Zeit nehmen wird, die er braucht, dass er mich richtig kennenlernen möchte, aber das er jetzt schon wisse, dass er mich liebgewonnen habe. Er bedeutet mir sehr viel, ich bin froh, dass wir offen kommunizieren können und ich weiss auch ganz bestimmt, dass er mich nie mit einer bösen Absicht verletzen würde. Ich erkläre ihm nochmals, dass ich auch unsicher sei, dass wenn er sich für uns entscheiden würde, ich Angst hätte, dass er jemals einen Sinneswandel haben könnte. Ich bin verantwortlich für meine Kinder, auch was Gefühle anbelangt und jede Beziehung die auseinander geht, ist auch eine Verletzung für die Kinder. Ich möchte nicht, dass sie darunter leiden müssten. Wir sind vier die leiden müssten, nicht nur zwei, deshalb ist es mir umso wichtiger, dass er keine Entscheidung trifft, die ihn nicht zu hundert Prozent überzeugt.

Wir schreiben weiter und er meint, wir könnten schon fast ein Buch schreiben mit so viel Text. An dieser Stelle ist zu erwähnen, dass ich nur die wichtigsten und bedeutendsten Passagen erwähne, ansonsten würde ein Kurzbuch nicht ausreichen.

Er macht mir Komplimente zu meinen Augen, wie sie strahlen, wie sie leuchten und funkeln. Ich mag seine offene Art, seine ehrlichen und gefühlvollen Gespräche, habe es noch nie erlebt, auf diese Art und Weise, er ist einmalig. Er meint es wäre schön, wenn wir mal zusammen einen gemütlichen Abend verbringen können, gemeinsam kochen und einen guten Film schauen, die Vorstellung passt mir auch sehr. Wir stellen immer wieder fest, dass wir einerseits viele Ansichten und Charakterzüge gleich haben, vor allem diejenigen, welche für eine harmonische Beziehung und ein gemeinsames Leben relevant sind. Anderseits ergänzen wir uns aber auch wieder sehr gut, bei Dingen, welche der eine kann und der andere nicht. Wir tauschen uns über unsere Schwächen aus, erzählen uns, was wir selbst an uns weniger mögen, unsere Schwachstellen. Aber auch hier scheint uns nichts zu stören, seine erwähnten negativen Charaktereigenschaften, empfinde ich nicht einmal als Schwäche, im Gegenteil. Mit seiner ruhigen, gemütlichen Art, kann er mein zu intensives Temperament ausgleichen. Er scheint wirklich der perfekte Mann an meiner Seite zu sein.

Es ist Freitag, ein Tag vor unserem dritten Date. Ich teile ihm mit, dass Rapperswil noch ein idealer Ort wäre, um uns Mal zu treffen, dass es etwas die Mitte zwischen unseren Wohnorten ist. Er hat sich wohl ähnliche Gedanken gemacht und auch an Rappi gedacht, ich sage es ja, wir denken immer gleich. Wir sind beide sehr freudig, uns endlich wieder zu sehen und können es kaum erwarten. Er meint, er freue sich so wahnsinnig, er werde mich dann vor Freude knuddeln. Bin ja gespannt, ob er dies machen wird, bis anhin hat er immer von scheu und zurückhaltend gesprochen. Wir schreiben uns übers küssen, diskutieren, ob mit offenen oder geschlossenen Augen, ich kläre ihn auf, dass offene Augen bedeutet, dass man keine Gefühle hat. Er ist der Meinung, er möchte ja seine perfekte Frau beim Küssen ansehen. Er ergänzt, falls wir uns mal küssen, würde er lachen müssen. Mal schauen, ob dies jemals passieren wird. Er mag meine Haare, schreibt mir, er streichelt und verfangt sich gerne in lockigen Haaren, fragt, ob er am Samstag das testen darf. Im Schreiben scheint er sehr mutig zu sein.

Heute hat er noch einen strengen Dienst. Er arbeitet am Morgen, schläft am Nachmittag und arbeitet nochmals die ganze Nacht. Er teilt mir mit, dass er jetzt schon sehr nervös für den morgigen Tag sei. Soviel zum Thema schüchtern. Wir vereinbaren, dass wir uns um 13.30 Uhr in Rapperswil bei der Busskirch auf dem Parkplatz treffen werden.

Es ist so weit, es ist Samstagmorgen, er ist von der Nachtschicht erwacht und schreibt mir, dass er noch eine Wohnung besichtigen geht und wir uns danach wie vereinbart um 13.30 Uhr treffen. Ich kann es kaum erwarten, ich freue mich riesig, bin aber auch völlig aufgeregt. Das Wetter macht mit, es ist der 10. Januar und die Temperaturen steigen über 15 Grad, man könnte meinen, es kommt der Frühling. In meinem Herzen verspüre ich bereits den Frühling. Mit den vielen Schmetterlingen im Bauch fühlt es sich wirklich so an. Ich erledige noch ein paar Kleinigkeiten im Haushalt und gehe dann mein Auto waschen, damit es etwas gepflegt aussieht. Auf der Fahrt Richtung Rapperswil steigt die Nervosität, nach so viel persönlichem Text, den wir uns täglich geschrieben haben, komme ich mir jetzt doch etwas seltsam vor. Nicht das ich nicht mehr dazu stehen würde, aber wir haben uns so offen und intensiv geschrieben, so dass es nun schon etwas unangenehm ist. Um 13.00 Uhr erhalte ich eine Nachricht von ihm, er sei schon da, er müsse mir was sagen, er sei total nervös. Ich bin beruhigt, zumindest geht es ihm genauso wie mir.

Nun bin ich in Rapperswil angekommen, auf dem Parkplatz der Kirche, ich sehe ihn, wir schauen uns an und grinsen. Ich parkiere und steige aus, er kommt auf mich zu und begrüsst mich mit drei Küsschen. Natürlich knuddelt er mich nicht, wie im Chat erwähnt. Hab auch nichts anderes erwartet und ehrlich gesagt, würde es auch nicht zu ihm passen, denn er ist kein Draufgänger und genau das mag ich ja an ihm. Er ist nie aufdringlich, sehr überlegt und würde nie etwas tun, was ihn verunsichern würde.

Wir beginnen zu spazieren in Richtung Zoo. Er erzählt mir von seiner Wohnungsbesichtigung, von diversen Angeboten und die Vor- und

Nachteile der diversen Wohnungen. Ich finde es schön, wie er mich teilhaben lässt an seinem Leben, an seinen Vorhaben und seinem Alltag. Ich erzähle ihm auch von meiner Woche, was ich so erlebt habe, auch wenn wir bereits alles Mögliche über Whats app ausgetauscht haben. Wir geniessen die Zweisamkeit, merken dabei gar nicht, wieviel Spaziergänger ebenfalls hier sind, wir haben nur Augen für uns zwei und bekommen gar nicht mit, was um uns geschieht.

Wir entschliessen uns, über den Damm zu laufen, die Sonne strahlt und wir auch. Nach anfänglichen Alltagserzählungen werden wir langsam persönlicher und finden uns in unseren Gedanken, welche wir uns bereits über den Chat ausgetauscht haben. Er erklärt mir nochmals persönlich, dass er über die ganze Situation nachgedacht hat und das er dabei viele neue Ansichten erkennt hat. Ich bin gespannt, ich hoffe natürlich, dass diese für uns sprechen. Er hat bemerkt, dass es wohl wichtiger sei, die richtige Frau im Leben zu finden, mit welcher man bis ans Lebensende gemeinsam geht, als mit irgendeiner Frau Kinder zu machen, damit man eigene Kinder habe. Womöglich bestehe noch das Risiko, dass sie ihn verlassen würde und er dadurch dann seine Kinder gar nicht mehr so oft bei sich hätte. Spricht eigentlich alles für uns, nur, er erwähnt dabei nichts von uns. Obwohl ich sehr oft das Gefühl habe, wir kennen uns seit einer Ewigkeit, sind dies Situationen, in denen ich nicht in ihn hineinsehe und nicht verstehe, was er dabei fühlt und wie er dies auf uns bezogen sieht. Ich traue mich nicht, ihn direkt darauf anzusprechen, ich möchte ihm nicht zu nahetreten.

Er erzählt mir von seinem besten Freund, welcher ebenfalls in einer solchen Patchworkfamilie aufgewachsen ist. Alles tönt sehr positiv, doch auf einmal spricht er wieder von seinen Kindern und wie er sich die Erziehung der Kinder vorstellt. Ich bin etwas verwirrt, kann nicht ganz nachfühlen, wie er es empfindet, und was er mit «seinen» Kindern meint, ob das nun die eigenen sein sollen, oder eben wie er öfters nun schon erwähnt hat, Kinder welche er als seine Eigenen annimmt. Ich habe das Gefühl, er hat manchmal Schwierigkeiten sich auszudrücken, oder dass man ihn missverstehen könnte. Ich weiss es nicht, ich bleibe in der Unsicherheit. Ich möchte mir davon aber den Nachmittag nicht verderben lassen und geniesse die gemeinsame Zeit mit ihm.

Geplant war, dass wir bis ca. 17 Uhr in Rapperswil bleiben können und er danach noch weitere Pläne hat, die er bereits vor längerer Zeit so abgemacht hat. Nun sind diese Pläne jedoch geplatzt und er kann weiterhin den Tag und Abend mit mir verbringen. Ich freue mich sehr darüber, dass wir ganz viel Zeit zusammen verweilen können. Wir kehren ins «Schwanen» ein, um etwas zu trinken. Er erzählt mir von seiner Schulzeit, seinen Gesangskünsten, welche kein Talent von ihm waren. Ich amüsiere mich und fühle mich geehrt, dass er alles von sich preis gibt und frisch von der Leber aus seinem Leben und seiner Kindheit erzählt. Ich stelle mir dabei bildlich seine Erzählungen vor und es gefällt mir, so von seinem Leben, als ich ihn noch nicht kannte, erfahren zu dürfen.

Er ist neugierig wie ich, fragt auch vieles über mein Leben nach, will alles über meine Kinder wissen, immer mit Respekt und einem gewissen Freiraum, so dass mir überlassen ist, ob und was ich erzählen möchte. Aber auch ich kann ihm alles Mögliche von meinem Erlebten ohne Hemmungen schildern. Unser Spaziergang setzt sich fort wieder zurück Richtung Kirche, mittlerweile sind Stunden vergangen, es dunkelt langsam ein. Man müsste davon ausgehen, dass uns langsam der Gesprächsstoff ausgeht, aber nein, ganz und gar nicht, im Gegenteil, je länger wir zusammen schlendern, desto mehr fällt uns noch mehr ein. Er hat Humor, bringt mich immer wieder zum Lachen, mit ihm bin ich völlig weg vom Alltag und geniesse nur den Moment. Langsam bekommen wir Hunger und entschliessen uns, gemeinsam Essen zu gehen. Eine Pizzeria wäre jetzt genau das Richtige. Wir lassen sein Auto bei der Kirche, ich ermögliche ihm, mit meinem Auto mitzufahren, er macht sich dabei einen Spass und meint, wie war das beim letzten Mal, mit fremden Männern mitfahren. Ich kontere und antworte cool, du bist mir ja jetzt nicht mehr fremd. Wir sind beide unkompliziert und mögen es gemütlich, so finden wir die Pizzeria «Beppi» gleich in der

Umgebung. Ich mag es eigentlich nicht, bei einem Date essen zu gehen, fühle mich dann immer beobachtet und möchte möglichst anständig essen. Mit ihm fühle ich mich aber sehr wohl, er meint, wir müssen ja nicht kompliziert tun. Das mag ich an ihm, er ist so einfach, so ehrlich und muss nichts überspielen oder eben den Coolio heraushängen, das macht alles viel einfacher. Die Pizza schmeckt sehr fein und der Zweiertisch ist sehr romantisch. Neben uns feiert eine Familie den Geburtstag der Grossmutter. Wir unterhalten uns über die Leute, machen Beobachtungen und amüsieren uns. Eine weitere Gemeinsamkeit stellen wir fest, es macht Spass.

Der Abend ist noch jung und wir haben das Bedürfnis die Pizza zu verdauen. Also fahren wir wieder zurück Richtung Zentrum und spazieren in der Altstadt. Vor unserem Treffen hat er mir immer wieder von knuddeln, umarmen, küssen und anderen Schmeicheleien geschrieben, nun scheint er zurückhaltend zu sein. Weshalb? Es passt nicht zu seinen positiven Erzählungen über mich, über uns, über gemeinsame Vorhaben, die wir planen, wie wandern, kochen, DVD Abend. Wir nehmen den Fussweg zum Schloss hinauf, es ist alles dunkel, wir sehen kaum noch, wohin er Weg führt. Zuvorderst angekommen, geniessen wir die Aussicht auf den See die Lichter auf der anderen Seite des Damms und in dem Moment habe ich das Gefühl, jetzt wird er mich küssen. Ich spüre seine Wange sehr nah an meiner Seite, rieche seinen feinen Duft und meine Haare wehen zu seinem Gesicht. Doch er küsst mich nicht! Wir marschieren weiter wieder Richtung See hinunter und finden dort eine Sitzbank unter den Bäumen, auf welcher wir verweilen. Nach dem milden, sonnigen Tag ist mir langsam frisch geworden und meine Beine zittern. Er spürt es und legt seinen Arm um meine Schultern, um mich aufzuwärmen. Ich geniesse seine Nähe, bin beruhigt, dass auch er diese Zweisamkeit wünscht. Das wäre nun er Moment, in dem er mich küssen könnte. Immer wieder fliegen meine Haare durch den Wind in sein Gesicht und er versucht dabei, meine Frisur aufrecht zu erhalten. Doch der Kuss kommt nicht. Wir sind beide still – sehr ungewohnt, normalerweise gab es keine Schweigeminute bei uns. Die Stille macht die Situation noch peinlicher und ich spüre, dass auch er nicht so Recht weiss, was er tun oder sagen soll. Er spricht etwas von, er wisse jeweils nicht was er darf oder nicht, er sei zurückhaltend, weil er nichts machen möchte, was ich nicht auch möchte. Er lasse mir die Zeit, die ich brauche und wolle nicht aufdringlich sein. Ich sage nichts, was soll ich dazu sagen: küss mich!? Nein, ich bin der Meinung, der erste Schritt macht der Mann, aber ich verstehe auch ihn, er ist scheu und zudem bin ich nicht der Typ Frau, der ihm ein klares Zeichen gibt oder auf ihn losstürzt, dass er jetzt darf.

Wir entscheiden uns, wieder weiterzulaufen und als wir aufstehen, packt er ohne Worte meine Hand und lässt sie nicht mehr los. Ein schönes Gefühl, aber irgendwie ist nun die Stimmung so gedämmt, das peinliche Thema hat unsere lockere und ungezwungene Art zu sprechen, weggenommen. Die Zeit vergeht wie im Flug, wie immer, wenn wir uns sehen, und es wird langsam spät. Wir entscheiden uns zur Kirche zurückzufahren, wo auch sein Auto noch steht. Irgendwie schade, dass nun der Tag so endet, wir sind uns eigentlich so nahe gekommen, aber der krönende Abschluss mit dem Kuss fehlt. Mir gehen seine Worte auf der Sitzbank durch den Kopf. Es wird mir bewusst, dass er mich niemals küssen würde, bevor ich ihm nicht das Einverständnis dazu geben würde. Seine Gefühle würden seinen Respekt und Anstand niemals ausblenden. Was nun? Wir sind bei der Kirche angekommen, dort wo wir uns um 13.30 Uhr getroffen haben, nun ist es 22.30 Uhr, er hat eine Nachtschicht hinter sich, ich weiss, dass nun unser Date zu Ende ist.

Wir sitzen in meinem Auto und reden noch ein wenig, wie gesagt, die Stimmung ist immer noch etwas angespannt. Wir können es nicht glauben, dass wir neun Stunden fast ununterbrochen geredet haben und immer wieder durch ganz Rapperswil geschlendert sind. Schade, ist dieses Treffen schon vorbei und die Schmetterlinge fliegen so wild umher, es fehlt einfach noch der Kuss. Fabrizio fragt mich, ob wir nochmals aussteigen wollen und bei der Kirche uns auf eine Bank setzen sollen. Ich bin dabei, wer weiss, vielleicht hat er ja doch noch was vor mit mir. Wir sitzen auf der Bank und reden noch ein bisschen, er macht nichts und jetzt ist der Zeitpunkt gekommen, indem ich meinen Mut zusammennehme und ihn küsse. Seine Lippen fühlen sich sanft an, ihn zu küssen fühlt sich so innig an. Jetzt weiss ich: **endlich gehört er mir**! Wir müssen lachen und nun sagt er mir, er sei so erleichtert, dass ich diesen Schritt getan hätte. Er wollte mich schon lange küssen, traute sich aber nicht, war unsicher, ob ich das auch wolle. Wir sind beide überglücklich und die gedämpfte Stimmung ist von einer Sekunde zur anderen wie weggeblassen oder noch besser weggeküsst. Wir bekommen nicht genug voneinander, küssen uns immer wieder bis wir dann vernünftig werden und uns langsam verabschieden. Wir bedanken uns für das wunderschöne Date, für die offenen und tiefgründigen Gespräche und können uns fast nicht trennen für diesen Abend. Wir wissen, dass er am nächsten Tag für zehn Tage in die Ferien fährt, dies macht den Abschied nicht leichter.

Ich fahre nach Hause, spüre immer noch seine Lippen auf meinen, rieche immer noch seinen feinen Duft und höre immer noch seine Stimme. Ich bin über beide Ohren verliebt und kann es kaum fassen, dass wir uns geküsst haben. Bedeutet das nun, dass er sich entschieden hat? Entschieden für mi? Für uns? Zweifel holen mich ein. So wie ich ihn kennengelernt habe, ist er nicht ein Mann, der eine Frau küsst oder sich küssen lässt, wenn er nicht von ihr überzeugt ist. Aber es könnte auch sein, dass er denkt, was ist schon ein Kuss? Ich bin hin und her gerissen, für mich war schon lange klar, dass er der Mann meiner Träume ist, der perfekte Mann, um alt zu werden und das Leben zu verbringen. Doch wie sieht das bei ihm aus? Klar, er hat so viele Andeutungen gemacht, so viele Komplimente und Ansichten über uns und unsere gemeinsame Zukunft, aber was bedeutet ihm der Kuss? Ist das der Anfang einer Beziehung oder war das einfach ein momentanes Bedürfnis ohne Verpflichtungen? Es beunruhigt mich, während des Kusses fühlte sich alles so gut und echt an, es war alles so klar wie der Himmel, doch nun bin ich allein und fange an zu zweifeln, wie nach jedem Treffen. Kaum zu Hause angekommen, schreiben wir uns wieder.

Er teilt mir mit, er sei sprachlos, ich hätte ihn heute einmal mehr verwirrt, und dass der Abschluss einfach nur wundervoll war. Er fährt übermorgen in die Ferien, zehn Tage mit einem Freund nach Barcelona, er möchte am liebsten hier bleiben, er möchte, dass die Zeit stehen bleibt. Auch ich bedanke mich für den schönen Tag, für die amüsanten Stunden und die guten Gespräche. Die Zeit verging wie im Fluge und obwohl wir uns fast zwölf Stunden gesehen habe, kam es mir vor, als wären es zwei gewesen. Er findet mich eine unglaubliche Frau und möchte nach seinen Ferien dort weiter machen, wo wir aufgehört haben.

Was soll dies bedeuten? Habe ich ihn nun wirklich für mich gewonnen? Ich spiele mit offenen Karten, will wissen woran ich bin. Ich teile ihm mit, dass es mich stört, dass ich nie weiss, woran ich bei ihm bin. Ich sage ihm, dass ich einen Mann nicht einfach so küsse, für mich bedeutet dies viel und ein Kuss ist nicht einfach nur ein Kuss, ich habe ihm damit gezeigt, dass ich mit ihm zusammen sein möchte. Ich weiss nicht was in ihm vorgeht, er macht mir weiterhin Komplimente, aber die Unsicherheit in mir bleibt. Wenn wir uns sehen spricht er von Zukunftsplänen, bei welchen ich denke, die sind nicht mit mir gedacht, es würde nicht zu meinem jetzigen Leben passen. Beim Schreiben jedoch, bestätigt er mir immer wieder, wie gut ich ihm gefalle, wie ähnlich wir sind, wie toll er mich findet, die vielen Gemeinsamkeiten und, und, und. Ich schreibe ihm, dass es evt. ein Fehler war, ihn zu küssen und, dass ich damit für mich selber eine Regel verstossen habe, da ich niemanden küssen möchte, mit dem ich nicht auch zusammen bin oder sein möchte. Er antwortet, dass er mich deshalb nicht geküsst hätte, er wollte mich zu nichts drängen, wollte nicht, dass ich etwas mache, das ich bereuen könnte. Wie soll ich das nun verstehen? Weiter meint er, er versteht meine Unsicherheit, weil er anfänglich Sachen sagte, die anders rüber kamen, an denen er mittlerweile selber zweifelt, ob das überhaupt richtig war, dass er vielleicht doch was anderes wichtiger findet. Wie wir mal besprochen haben, dass wenn die Kinder weg sind, der Lebenspartner bleibt, um den Rest des Lebens gemeinsam zu verbringen.

Umso mehr Zeit wir zusammen verbringen, desto mehr spürt er, wie gut wir zusammenpassen, dass die Chemie einfach stimmt. Er findet mich einzigartig, hat mich liebgewonnen und wird mich die Zeit, in welcher er in Barcelona ist, vermissen. Klar, ich ihn auch. Schlechter Zeitpunkt für einen solchen Abstand. Er hoffe sehr, dass ich irgendwann den Satz, welchen er beim Chat kennenlernen sagte, (er suche nicht die grosse Liebe, Chatfreundschaft, unverbindliches und wolle eigene Kinder), vergessen werde. Ich weiss nicht, ob ich das kann, es ist in mir und genau das gibt mir diese Unsicherheit. Ich will ja auf keinen Fall, dass er wegen mir, seine Einstellung ändert, die Angst, dass er gar nicht davon überzeugt ist und nur meinetwegen die Einstellung überdenkt hat, ist enorm gross.

Würde dies eine Beziehung aushalten? Immer in Unsicherheit zu sein? Immer wieder Angst zu haben, er könnte einen Sinneswandel überdenken? Ich weiss nicht, ob ich bereit dazu bin, dies einzugehen, diese Angst in einer Beziehung von Anfang an empfinden zu müssen. Ich bestätige ihm auch nochmals, dass ich ihn von nichts überzeugen möchte und, dass ich akzeptieren würde, wenn er doch zu unsicher sein würde, mich als komplette Familie mit zwei Kindern anzunehmen. Er meint, er möchte nichts überstürzen, möchte mir und meinen Kindern auf keinen Fall weh tun. Er ergänzt, dass er hin und weg ist von mir, dass ich sein erster Gedanke beim Aufstehen bin und sein letzter Gedanke, wenn er schlafen geht. Ich könne mir nicht vorstellen, wie lieb er mich habe, aber seine momentane Wohnsituation stresst ihn und danach, wenn das endgültig abgeschlossen sei, wolle er mir bedingungslos zeigen, wie gerne er mich hat.

Was hat seine gemeinsame Wohnung mit der Ex mit mir zu tun? Ich spreche ihn direkt an, ob er über seine Ex noch nicht hinweg sei. Er kontert, dass er drüber hinweg sei, er habe jedoch kein gutes Gefühl dabei, wenn er bevor die Wohnungsauflösung durchgeführt sei, bereits auf eine neue Beziehung eingehen würde. Er möchte nicht die neue Beziehung belasten, indem er noch mit der Ex zusammenwohnt. Ich verstehe seine Bedenken, jedoch müsste ich ja das Problem damit haben, weniger er. Ich bleibe bei meinen Bauchgefühl, dass er im Herzen mit seiner Ex noch nicht abgeschlossen hat und versuche Verständnis zu zeigen, dass dies auch Zeit braucht

Ich bin genauso überzeugt von ihm, alles passt, aber ich möchte nichts Einseitiges, ich möchte nicht ein Trost sein, das Gefühl haben, ich bin nur ein Ersatz, oder sogar für den Moment, und das er wieder zu seiner Ex zurück gehen würde. Dann lassen wir es lieber sein, lieber jetzt verletzt sein, als später. Er lässt nicht locker, bestätigt mir nochmals, dass er die Komplimente ehrlich meint, dass er am liebsten Tag und Nacht mit mir zusammen wäre, seine Unsicherheit, die ich verspüre, sei lediglich, weil er gerne in den eigenen vier Wänden wäre, bevor er was Neues anfangen möchte. Meine Ansicht ist da etwas anders. Er ist an diese Wohnung gebunden, aufgrund eines Vertrages, der leider noch länger andauert. Dies sehe ich aber nicht als ein Hindernis, für eine neue Beziehung. Klar würde es mich ganz und gar nicht freuen, zu wissen, dass mein Freund mit der Ex zusammenlebt, aber das ist eine momentane Situation, die geht vorbei. Ich frage mich, ob mehr dahintersteckt. Einerseits habe ich das Gefühl ich kenne ihn seit einer Ewigkeit, anderseits weiss ich nicht, wer er wirklich ist, wie er wirklich fühlt, letztendlich ist er eine fremde Person. Ich mache ihm klar, dass man im Leben sowieso nie die Sicherheit hat und, dass zu viel Theorie bereits am Anfang auch nicht gesund ist, dass man manchmal auch auf das Herz hören sollte.

Er meint, er möchte so einen Menschen wie mich, nicht schon so früh wieder verlieren, nur wegen einer mühsamen Wohnsituation. Er schreibt mir schöne Worte, was er für mich empfindet, wie einzigartig ich für ihn sei, dass er noch nie eine solche Frau kannte und, dass er Schmetterlinge im Bauch hat. Ich erkläre ihm, dass seine Worte wunderschön sind und ich dasselbe empfinde, dass ich aufgrund meiner Vergangenheit mir Sicherheit wünsche, dass es mir wichtig ist, nicht zwischen Stühlen und Bänken zu sein, dass ich ihn niemals drängen möchte oder stressen möchte, aber, dass ich einfach momentan was anderes brauche als er, die Sicherheit, die er mir nicht geben kann.

Ich mache den Vorschlag, dass wir es sein lassen, da wir uns ansonsten nur verletzen. Ich habe Angst, dass er sich doch wieder umentscheiden würde, in zwei Monaten oder so, dass würde mich zu sehr verletzten, dieses Risiko möchte ich nicht eingehen. Ich spüre in dem Moment wieviel Gefühle ich für ihn bereits habe, diese muss ich schützen.

Er will mich nicht loslassen, er sagt, in dem Moment, als wir uns geküsst haben, war für ihn eigentlich klar, dass es mit uns perfekt ist. Einfach wusste er nicht, wann der richtige Moment sei, um eine Beziehung zu beginnen. Schon der ganze Tag in Rappi habe ihm bestätigt, dass er sich für mich entscheiden würde, dass er es versuchen möchte, und bereit sei, statt eigene Kinder, eine eigene Familie zu haben. Er findet, somit sei ja alles klar zwischen uns, dass wir beide das Gleiche wollen, er hoffe einfach, dass ich auch ihm vertrauen könne, dass er die Sätze von eigenen Kindern mittlerweile aus einer anderen Sicht betrachtet. Er bittet mich, dass ich ihn nicht aufgeben solle, er möchte versuchen, mir die nötige Sicherheit zu schenken, mir zu zeigen, wie ernst er es mit mir meint. Er möchte eine Frau, die wisse was sie wolle und das sei ich.

Er fragt mich, wie ich mir nun den weiteren Verlauf vorstelle? Er möchte mich nicht verlieren, nur weil er mir durch seinen Satz von eigenen Kindern, Unsicherheit schenkte. Ich weiss es nicht, sage ihm, ich verstehe ihn, aber der Satz sei nicht einfach mal so gekommen, der war dreissig Jahre in ihm. Klar, so dachte ich ja auch bereits als Kind, dass ich mal eigene Kinder haben möchte, das ändert man nicht von heute auf morgen, diese Denkweise. Ich rate ihm, er solle sich das gründlich überlegen, ich möchte ihn nicht drängen, aber er solle sich entscheiden, ob er dies möchte. Ich versichere ihm auch nochmals, dass so wie er Sachen mit seiner Ex noch abzuschliessen hat, auch ich noch offene Punkte erledigen muss, mit meinem noch Ehemann, da sich die Scheidung Jahre hinauszögert. Dass ich auch nicht jahrelang allein bleiben kann, weil ich diese bürokratischen Angelegenheiten noch nicht abschliessen kann. Ich möchte auch noch nicht, dass er meine Kinder kennenlernt, dies ist mir zu früh, zuerst will ich ihn durch und durch kennenlernen. Meine Kinder vorzustellen, gehört erst in einen späteren Prozess. Es geht mir lediglich darum, ob er mich als Liebespartnerin an seiner Seite sieht, oder ob er mich als gute Kollegin betrachtet. Ganz klar kann er mir bestätigen, dass er mich nicht mehr als gute Kollegin sieht, dass ich ihm dazu viel zu viel bedeute.

Ich mache ihm auch noch den Vorschlag, dass ich mich ansonsten nicht mehr bei ihm melde, so dass er die Möglichkeit hat, zu spüren was er will und sich meldet, wenn er das Bedürfnis hätte. Er meint das wäre nicht notwendig, er wisse genau was er wolle, mich. Ich verstehe, dass es für ihn eine neue Situation ist und deshalb alles andere als einfach ist, damit umzugehen. Aber auch für mich ist es schwierig, nach allem Erlebten einem Mann wieder voll zu vertrauen, dass er es ernst meint, dass er wirklich weiss, was er will. Um zwei Uhr nachts entscheiden wir uns, endlich zu schlafen.

Am nächsten Tag ist er am packen für seine Ferien, schade, genau jetzt, ich würde mich lieber nochmals mit ihm treffen, seine Nähe spüren und noch persönlich miteinander plaudern. Anderseits schadet der Abstand vielleicht auch gar nicht, er kann sich nochmals Gedanken dazu machen und mich hoffentlich vermissen.

Nun ist es soweit er fährt los und uns trennen noch einige Kilometer mehr. Wir schreiben uns täglich, es freut mich von ihm zu lesen, obwohl er in den Ferien ist, meldet er sich immer. Er teilt mir mit, was sie so unternehmen, schickt mir Fotos, ich schreibe ihm was bei uns so läuft, was wir im Alltag erleben. Er kann es kaum erwarten, nach Hause zu kommen, mir geht es genauso, ich freue mich, wenn er wieder hier ist. Wir zählen die Tage, bis seine Heimkehr da ist. Wir vermissen uns und spüren die Distanz, die uns trennt. Doch langsam geht es dem Ende zu und wir haben es geschafft – er ist wieder zurück.

Bei der nächst möglichen Gelegenheit, kommt er mich an einem kinderfreien Weekend besuchen, es ist Freitagabend, und er kommt nach dem Feierabend direkt zu mir und bleibt auch über Nacht. Kaum angekommen, geniessen wir die Umarmung, den Geruch des Gegenübers und küssen uns innig. Die langen Diskussionen nach unserem Date in Rapperswil sind wie weggeblasen. Es sind keine Fragen mehr offen, ich spüre seine Liebe und seine Ehrlichkeit, dass er es ernst meint und mir die Sicherheit geben will, Tag für Tag ein Stückchen mehr. An diesem Abend weiss ich: **er gehört mir!**